AF236506

PIT VOGT

Corona Zeit

GESCHICHTEN FÜR
ZUHAUSE

Idee, Design & Layout: Pit Vogt

Alle Geschichten sind frei erfunden

Impressum

Herstellung und Verlag:
BoD - Books on Demand, Norderstedt

ISBN: 9783751930017

Corona Zeit

Das Haus auf der Insel

man riet mir damals ab, dieses Haus zu kaufen. Aber den Grund dafür erfuhr ich nicht sofort. Es war allerdings ein wunderschönes Haus. Vielleicht sogar das Schönste auf dieser kleinen Insel? Es schmiegte sich malerisch in die kleine verträumte Bucht am Meer. Gerade in der Südsee fand man ab und zu solcherlei Perlen. Und das gerade ich solch ein Glück hatte, für einen geringen Preis dieses Schmuckstück erwerben zu können, grenzte beinahe an ein Wunder. Zur Besichtigung erschien die Maklerin, Madame Isabelle von Frankenstein, eine sehr attraktive Mittvierzigerin. Obwohl ihr rätselhafter Name auf so einiges schließen ließ, glich sie so gar nicht einem bösartigen Monster. Ganz im Gegenteil, mit ihrem bestechend guten Aussehen wickelte sie wohl jeden Mann um den Finger. Sie redete gern und leider manchmal auch ein bisschen viel. An jenem Tage, als wir uns trafen, wartete sie schon ungeduldig auf mich. Sie hatte ein leichtes Lächeln im Gesicht und ich wusste nicht, ob es echt war oder doch nur einen geschäftlichen Sinn hatte. Sehr höflich und akkurat begrüßte sie mich und begann sogleich mit ihrer Führung durch die wunderschöne Anlage. Der Garten des Hauses ertrank regelrecht unter den riesigen ausladenden Palmen. Ein großer Swimmingpool erstreckte sich darunter und sein blaues glasklares Wasser lud zum Bade ein. Überall waren schön angelegte Sträucher und üppige Blumenrabatten. Die Wege hatte man in Natursteinklinker gehalten und an den Rändern waren Lampen eingelassen, die nachts ein mattes Licht verbreiten sollten. Über eine breite Treppe gelangte man in das Innere des Hauses. Schon der Eingangsbereich erstrahlte in weißem Marmor und die goldenen Tischlampen auf dem weißen Mobiliar ließen mein Herz höherschlagen. Wir durchschritten alle zwei Etagen, wobei eine immer schöner war als die andere. Die großzügige Aufteilung der Räume und die großen Fenster und Terrassentüren verbreiteten ein märchenhaftes Flair. Ich hatte ein derart optimistisches und gutes Gefühl, dass ich mir kaum vorstellen konnte, in diesem Hause noch etwas Negatives zu finden. Als ich am Schluss der Besichtigung die Maklerin danach fragte, wurde sie sehr ernst und schaute irritiert zu Boden. Doch ich wollte es genau wissen. Sie sollte mir ehrlich sagen, welchen Makel dieses Haus besaß. Zögernd begann sie zu erzählen, dass sich vor hundert Jahren in dem ehemaligen Gebäude, welches vordem hier stand, ein Gefängnis befand. Dutzende Menschen hatte man hier eingesperrt und viele seien qualvoll umgekommen. Natürlich erkundigte ich mich, was das mit diesem neu errichteten Haus zu tun habe. Die Maklerin druckste wieder herum und meinte dann, dass man noch heute in so manchen Nächten die Schreie der Verstorbenen hören könnte. Manche würden sogar erzählen, dass man fliegende Leichen gesehen habe. Ich schaute die Maklerin ungläubig an. Was war das für ein Märchen, so etwas konnte ich mir ja nun wirklich nicht vorstellen. Ich bat sie, mich eine Nacht in dem Haus übernachten zu lassen, dann könnte ich ihr sagen, ob es mir hier gefiel oder nicht. Die Maklerin war einverstanden und wir verabredeten uns für den nächsten Tag. Zusammen mit Anita, einer guten Freundin, die schon seit einem Jahr auf dieser Insel lebte, machte ich es mir bequem und wir schauten uns noch einmal die Räume des Hauses in aller Ruhe an. Auch Anita schien sehr angetan und riet mir zu, diese Immobilie zu kaufen. Am Abend saßen wir noch lange auf der

Terrasse und genossen den wunderschönen Sonnenuntergang am Horizont. Ein leichter Wind fächelte durch den Palmengarten. Ich legte mich aufs Sofa in einem der Wohnzimmer und Anita wollte auf der Terrasse bleiben. Sie wollte dort die klare Sternennacht genießen und ein wenig träumen. Einige Stunden schlief ich wirklich sehr gut. Gegen Mitternacht wurde ich aber doch von einem seltsamen Geräusch geweckt. Ich stand auf und wollte nachsehen, woher es kam. Vielleicht handelte es sich ja bereits um den Spuk, von dem mir die Maklerin erzählte. Ich lachte spöttisch vor mich hin und schaute nach Anita. Aber auf der Terrasse war sie nicht mehr. Ich dachte, dass sie vielleicht irgendwo anders im Hause unterwegs sei. Doch ich fand sie nirgendwo. Vielleicht war sie doch zu sich nach Hause gefahren, ich wusste es nicht. Doch das Geräusch wurde immer lauter. Und tatsächlich hörte es sich an, als ob jemand schrie. Da ich nicht an Geister glaubte, jedem übernatürlichem Quatsch die kalte Schulter zeigte, wollte ich dieser Sache auf den Grund gehen. Ich musste wissen, was es mit diesen Schreien auf sich hatte. Irgendeine Erklärung musste es für diese rätselhafte Erscheinung geben. Sollte tatsächlich dieses ehemalige Gefängnis daran schuld sein? Ich suchte das ganze Haus ab, fand aber keinerlei Hinweise darauf. Als ich mich gerade wieder auf mein Sofa legen wollte, stolperte ich über eine Bodenwelle. Ich schaute nach und stellte fest, dass irgendetwas unter dem Teppich war. Mit ganzem Körpereinsatz schob ich den schweren Teppich beiseite und entdeckte eine Luke im Boden. Der schmiedeeiserne Ring, der wohl zum Öffnen dieser Geheimtür diente, hatte den Teppich etwas angehoben, sodass ich schließlich darüber stolperte. Sie war nicht leicht zu öffnen, doch nach einigen vergeblichen

Versuchen ließ sich die schwere Eisenklappe endlich anheben. Vor mir gähnte eine dunkle Röhre, an deren Seite eine verrostete Eisenleiter nach unten führte. Neugierig wie ich war, stieg ich hinab. Es wurde kalt und feucht und ich war froh, eine Jacke übergezogen zu haben. Es roch modrig und entsetzlich nach Müll und Abfällen. Befand ich mich etwa in der Klärgrube? Plötzlich ertönten wieder diese entsetzlichen Schreie! Doch hier unten hallten sie so laut, als seien sie unmittelbar vor mir. An der felsigen Wand steckten Fackeln in schmiedeeisernen Halterungen. Ich fragte mich, wer sie dort hineingesteckt hatte. Irgendjemand musste noch hier unten sein. Ich rief laut: „Hallo, ist jemand hier!", doch es kam keine Antwort. Stattdessen krachte es laut über mir. Ich fuhr herum und stellte fest, dass die Luke zugefallen war. Nun wurde es noch dunkler als es ohnehin schon war. Nur die Fackeln verbreiten ihr gespenstisches Licht. Ich sprang von der Leiter und stand auf einem steinigen schmalen Gang. Plötzlich ertönten wieder diese Schreie. Sie kamen aus dem Gang vor mir. Ich wusste nicht genau, ob ich überhaupt weiter gehen sollte, denn mir wurde übel und die andauernden Schreie jagten mir Angst ein. Außerdem wusste ich nicht, ob sich die zugefallene Luke wieder öffnen ließ. Ich wollte schließlich nicht in diesen unwirklichen feuchten Katakomben verenden. In einem kleinen Seitengelass entdeckte ich plötzlich Anita. Offensichtlich hatte auch sie die Luke unter dem Teppich entdeckt. Sie stand nur einfach da und zitterte am ganzen Leibe. Ich eilte zu ihr und fragte sie, was geschehen sei. Mit flatternder Stimme stammelte sie etwas von einer weißen knochigen Gestalt, die durch die Gänge flog. Misstrauisch schaute ich sie an. Was erzählte sie da? War das diese fliegende Leiche? Oder war es am Ende nur Einbildung, Spinnerei? Ich nahm Anita am Arm und zerrte sie hinter mir her. Wir mussten schnellstens hier rauskommen, bevor wir zu stark unterkühlten oder uns irgendein Spuk den Weg versperrte. Ich hatte Anita meine dünne Jacke über die Schultern gelegt und hielt ihre Hand ganz fest. Sie schien sich langsam von dem Schock zu erholen, zitterte immerhin nicht mehr. Doch bevor wir an der Leiter ankamen, die nach oben führte, schrie jemand laut hinter uns und eine weiße Gestalt mit einem monsterähnlichen Gesicht flog über unsere Köpfe hinweg. Es hatte feuerrote Augen und Hörner auf dem Kopf. Immerzu stieß das Monster auf uns herab, als wollte es uns angreifen. Ich blieb stehen und beugte mich schützend über Anita. Dann rief ich dem Monster entgegen, dass ich mich nicht fürchtete und nichts von diesem Spuk hielt. Offenbar schien das zu wirken – laut schreiend verschwand das Monster im Dunkel des unterirdischen Ganges. So schnell es ging kletterten wir über die Leiter nach oben. Durch die enge Luke gelangten wir wieder ins Haus zurück. Als ich die Luke zugeschlagen hatte, ließen wir uns vollkommen entkräftet auf den Teppich fallen. Anita ging es unterdessen so gut, dass wir zusammen eine Flasche Rotwein leerten. Bis zum Morgen sprachen wir über das soeben Erlebte und konnten gar nicht fassen, dass es keine Schreie der Toten waren, sondern die eines Monsters, welches dort unten hauste. Ich musste meine Meinung revidieren, dass es keine Geister gab. Der Beweis schien erbracht und ich wollte der Maklerin meine Entdeckung zeigen. Ein Gutes hatte das Ganze, ich kam Anita etwas näher und wir verabredeten uns für den nächsten Tag auf ihrer Finca. Das wunderschöne Haus allerdings wollte ich so schnell als möglich verlassen. Es nutzte mir nichts. Was sollte ich mit einer Immobilie, die zwar wunderschön aussah und in einer Meeresbucht lag, aber von furchtbaren Monstern aus der Unterwelt heimgesucht wurde. Anita verabschiedete sich mit einem Kuss von mir. Ich freute mich schon riesig auf unser Wiedersehen, musste allerdings erst mit der Maklerin sprechen. Anita winkte mir noch einmal zu, bevor sie mit ihrem schicken Cabrio davonfuhr. Als die Maklerin kam, hatte ich längst geduscht und mir etwas anderes angezogen. Selbstsicher schritt sie die Marmorstufen nach oben ins Wohnzimmer, in welchem ich genächtigt hatte und nahm in einem Ohrensessel Platz. Irgendwie verbreitete sie so eine merkwürdige Kälte. Ich wunderte mich sehr darüber, denn das war mir am Vortag noch gar nicht aufgefallen. Aber nun musste ich mit ihr über alles sprechen, sie wollte ja wissen, wie ich mich entschieden hatte. Zwar wollte ich das Haus anfangs kaufen, doch die furchtbaren Erlebnisse der letzten Nacht hatten mich umgestimmt. Ich wollte der Maklerin die Luke zeigen, die ich entdeckt hatte. Sie zeigte sich auch sehr interessiert, schwieg jedoch beharrlich zu meinen Erlebnissen mit dem Monster. Ich führte sie zu der Stelle, an welcher ich über die vermeintliche Unebenheit gestolpert war. Doch als ich den Teppich anhob, um der Maklerin die Luke zu zeigen, war nichts mehr zu sehen. Dort, wo in der Nacht noch der Zugang zu einer teuflischen Welt war, lag nur das kostbare hölzerne Parkett. Weder gab es eine Luke noch den Hinweis auf einen Eingang. Ich verstand nun gar nichts mehr. Was ging hier nur vor? Die Maklerin zog ein seltsames Gesicht und ich wusste, dass sie mir kein Wort glaubte. Als ich ihr mitteilte, dass ich das Haus nicht kaufte, erschien sie ein wenig reserviert. Doch sie fing sich schnell wieder und wir verabschiedeten uns leicht unterkühlt. Als ich zu meinem Wagen ging, glaubte ich für einen Moment, einen Schrei zu hören. Ich drehte mich um und sah, dass mir die Maklerin mit kalkweißem hohlwangigem Gesicht hinterher schaute. Dabei starrte sie mich mit stechenden, feuerroten Augen an und ich stieg schnellstens in mein Auto und brauste davon.

Teuflische Begegnung

Es war ein heißer Sommertag und John war mal wieder mit seinem neuen Cabrio unterwegs. Er liebte es, wenn die Sonne in sein Fahrzeug schien und er genoss die zahlreichen Blicke der Leute. An diesem Tage wollte er einmal etwas weiterfahren als sonst. Schon lange hatte er die Stadt hinter sich gelassen, da zog ein Gewitter auf. Obwohl er sich nicht vor solchen Naturerscheinungen fürchtete, erschien ihm diese Gewitterfront doch sehr seltsam. Es waren tief schwarze Wolken, die sich rasch näherten und John schloss schleunigst das Verdeck des Wagens. Die immer stärker werdende Dunkelheit hatte irgendetwas Bedrohliches. John hatte so etwas noch nie erlebt. Plötzlich setzte ein heftiger Sturm ein. Taubeneigroße Hagelkörner schlugen gegen die Scheiben und die ersten Risse zeichneten sich bereits ab. Die Straße glich einem Billardspiel. Überall sprangen die Hagelkörner umher und John bog in eine schmale Waldschneise ein und hielt den Wagen an. Unter dem dichten Blätterdach des Waldes fühlte er sich zunächst sicher genug. Doch die grellen Blitze, welche die Dunkelheit kurzzeitig erhellten, sowie die heftigen Donnerschläge kurz danach, beunruhigten ihn zusehends. Er wusste nicht mehr, was er tun sollte. Umkehren war zu riskant und weiter in den Wald wollte er ebenfalls nicht hineinfahren. So beschloss er zu warten, bis sich das Gewitter vorzogen hatte. Aber das Gewitter verzog sich nicht. Mittlerweile tobte es bereits zwei geschlagene Stunden. Lediglich der Hagel verwandelte sich in einen heftigen Landregen. Ratlos saß er in seinem Wagen und hörte sich eine CD nach der anderen an. Langsam ging ihm die Musik auf die Nerven. Er suchte nach seinem Handy, fand es jedoch nicht. Auf dem schmalen Waldweg vor ihm sah er eine Gestalt. Behäbigen Schrittes kam sie auf das Fahrzeug zu. Weil es so dunkel war, konnte John nicht sehen, wer es war. Er schaltete die Scheinwerfer ein, doch was war das, die Gestalt war spurlos verschwunden. Wie konnte das nur möglich sein? Mied diese Person etwa das Licht? Aber warum? John hatte plötzlich so ein merkwürdiges Gefühl im Bauch. Und obwohl er sich alles andere als fürchtete, spürte er jetzt doch diesen seltsamen Schauer, der ihm über den Rücken lief. Hatte er sich vielleicht geirrt? War da in Wirklichkeit gar keiner? Doch als er die Scheinwerfer wieder ausschaltete, glaubte er doch, dass vor dem Wagen irgendjemand stand. Was sollte er nur tun? Sollte er einfach die Wagentür öffnen und die Gestalt ansprechen? Und warum sagte dieser „Jemand" nicht selbst etwas? John betätigte den Knopf für die Zentralverriegelung und verschloss die Türen. Im selben Augenblick hörte er eine dumpfe, gespenstisch klingende Stimme. Sie grollte zunächst wie ein Bär und begann schließlich zu sprechen: „Ich bin gekommen, um Deine Seele zu holen! Du bist zu maßlos geworden und heute wirst Du mit mir kommen." John bekam einen derartigen Schreck, dass er augenblicklich den Wagen startete und losfahren wollte. Aber er hatte nicht damit gerechnet, dass der heftige Regen den Waldweg sehr stark aufgeweicht hatte. So war es ihm unmöglich, auch nur einen einzigen Zentimeter zu fahren. Laut heulte der Motor des Wagens auf und die Räder drehten im tiefen Morast durch. Total verzweifelt saß John hinterm Steuer. Da beugte sich die Gestalt herunter und ihr Gesicht war nun deutlich vor der Windschutzscheibe zu erkennen! John traf beinahe der Schlag, vor dem Wagen stand der Teufel! Sein knochiges fahles Gesicht wurde von einer schwarzen

Kapuze verhüllt. Doch die beiden Erhebungen auf dem Kopf waren deutlich zu sehen. Das mussten die Hörner des Teufels sein. Außerdem stachen unter der scharfkantigen Stirn zwei feuerrote Augen hervor. Der Atem des Leibhaftigen musste so eisig sein, dass das Regenwasser auf der Scheibe gefror. Wenigstens musste John nun nicht mehr sein Gesicht sehen. Aber es war nicht weniger gefährlich. Denn nun setzte der Teufel das ein, was wohl am besten zu ihm passte, das Feuer! Es rumorte und knisterte und die Scheibe taute im Nu auf. Die Flammen hüllten den Wagen vollständig ein und drohten ihn zu verschlingen. John wurde es heiß und er schaltete die Klimaanlage ein. Doch das nutzte gar nichts. Die Kühlung der Klimaanlage konnte die Hitze des teuflischen Flammenmeeres nicht ansatzweise neutralisieren. Es wurde so unerträglich heiß, dass John ohnmächtig in seinem Sitz zusammensank. In einer mächtigen Windhose entschwand die teuflische Gestalt, und das Gewitter verzog sich. Ein lautes Geräusch weckte John schließlich wieder. Langsam öffnete er seine Augen. Noch immer fühlte er sich schwach und ängstlich. Auch war ihm schlecht, sehr schlecht. Er glaubte, sich übergeben zu müssen. Aber es war angenehm kühl im Wagen. Das laute Geräusch, welches er hörte, wurde durch ein Klopfen verursacht. Es musste am Wagen sein. War etwa der Teufel noch … er schaute sich um. Draußen war es wieder hell geworden und irgendjemand klopfte gegen die Windschutzscheibe. Erleichtert sah er, dass es seine Schwester Ina war. Vorsichtig öffnete er die Tür und spürte die frische angenehme Luft, die um seine Nase wehte. Nach all diesen Ängsten, die er aushalten musste, nun endlich diese Erlösung. Er konnte sein Glück kaum fassen. Ina beugte sich zu ihm und fiel ihm um den Hals. Leise sagte John zu ihr: „Komm setz Dich in den Wagen!" Ina setzte sich neben ihn und er erzählte ihr, was er erlebt hatte. Dabei spürte er die misstrauischen Blicke, die ihm seine Schwester zuwarf. Doch ihr schien noch etwas ganz anderes auf der Seele zu brennen. Sie meinte, dass sie eine SMS auf ihr Handy bekommen hätte, eine SMS von John! Während sie das erzählte, holte ihr Handy und zeigte ihm die Nachricht. Darin stand, dass Ina sofort in den Wald bei „Wilhelms-Forst" kommen sollte. Er brauchte dringend ihre Hilfe, denn der Wagen sei im Morast steckengeblieben. Als Ina jedoch dort ankam, war kein Morast mehr da. Der Weg schien trocken zu sein. Und John glaubte zu wissen, dass er sein Handy daheim liegen gelassen hatte. Aber so war es nicht. Als die beiden ausstiegen, um den Weg auf eventuellen Morast oder Schlamm zu testen, entdeckte er plötzlich doch sein Handy. Es lag neben einer merkwürdigen kleinen Figur. Sie war aus Plastik und war mit einem schwarzen Umhang bekleidet. Das knochige Gesicht der Figur schaute bedrohlich unter einer schwarzen Kapuze hervor und irgendwie kam John dieses furchterregende Gesicht sehr bekannt vor!

Das Geheimnis von Schloss Blackhouse

Für ein paar Tage hatte ich mich bei Mrs. Tucson eingemietet. Sie besaß ein wunderschönes altes Schloss in Blackhouse und vermietete seit einiger Zeit ein Gästezimmer. Manche sagten, sie brauchte das Geld, doch in Wahrheit wollte sie lediglich nicht so allein sein. Denn seitdem ihr Mann, Lord Tucson von Blackhouse nicht mehr lebte, fühlte sie sich in dem großen Haus nicht mehr so ganz sicher. Und das hing wohl irgendwie mit dem seltsamen Bild zusammen, welches in der nobel eingerichteten Galerie hing. Es zeigte ein junges Mädchen, welches vor Schloss Blackhouse stand und weinte. Mrs. Tucson meinte, die junge Schönheit mehrmals bei Nacht im Schlossgarten gesehen zu haben. Sie wäre über die Wiesen geschwebt und hätte traurige Lieder gesungen. Ansonsten hüllte sich Mrs. Tucson in tiefes Schweigen. Natürlich wurde sie von ihren Bridge-Freundinnen verlacht und irgendwann fasste sie schließlich den Entschluss, Untermieter im Schloss aufzunehmen. Denn der Spuk war ihr nicht geheuer. Ich schien in diesen Herbsttagen der einzige Gast zu sein. Mrs. Tucson meinte, dass angeblich viele Stammgäste wegen der Spukgeschichten nicht mehr kommen wollten. Mich hingegen störte das nicht. Ich fand die Geschichten spannend, und vielleicht würde ich ja auch in den Genuss kommen, die schöne Lady auf dem Bild im Schlossgarten sehen zu dürfen. Ich brauchte nicht sehr lange auf die Erfüllung meines Wunsches zu warten. In einer stürmischen Regennacht konnte ich mal wieder schlecht schlafen. Der Sturm spielte mit den Fensterläden, was mir mächtig auf die Nerven ging. Es war kurz nach Mitternacht, als ich aufstand, um mir die Fensterläden etwas genauer anzuschauen. Vielleicht konnte ich ja etwas tun, damit sie nicht mehr so laut klapperten. Als ich am Fenster stand, bemerkte ich, dass jemand durch den Schlossgarten lief. Doch es war zu dunkel, um Genaueres zu erkennen. Ich dachte sofort an Mrs. Tucsons Spukgeschichte und hoffte, dass junge unbekannte Mädchen dort zu sehen. Aber von meinem Zimmer aus war mir das nicht möglich. Ich zog mir etwas über und lief durch die schier endlosen Gänge des Schlosses, bis ich endlich im Garten stand. Der Sturm war derart heftig, dass ich mich gegen ihn stemmen musste, um überhaupt vorwärts zu kommen. Außerdem peitschte mir der starke Wind das Regenwasser entgegen, sodass ich schon nach kurzer Zeit total durchnässt war. Trotzdem ließ ich mich nicht aufhalten. Allerdings entdeckte ich im Schlossgarten niemanden mehr. Hinter dem Garten erstreckte sich ein kleines Waldstück. Das dichte Blattwerk der alten Bäume schützte mich vor weiteren Attacken des Unwetters. Sie rauschten gespenstisch hin und her und ich wusste nicht so genau, ob ich weiter gehen sollte oder lieber nicht. Hinter einer dicken Eiche flackerte ein Licht. Langsam näherte ich mich und blieb vor der Eiche stehen. Sollte ich wirklich nachschauen, was sich da verbarg? Meine Neugierde siegte schließlich und ich schaute hinter den Stamm. Da war es, dieses junge Mädchen, welches soeben noch durch den Schlossgarten lief. Es saß an einem Lagerfeuer und hatte ein Kind auf dem Arm. Und es stimmte, das geheimnisvolle Mädchen war bildschön und war der jungen Frau auf dem Gemälde wie aus dem Gesicht geschnitten. Ich konnte Mrs. Tucson verstehen, dass sie an einen Spuk glaubte. Doch handelte es sich wirklich um Zauberei? So richtig glaubte ich nicht daran. Nur, warum kam dieses Mädchen immer nur nachts? Und warum sah sie dem Mädchen auf dem Gemälde so ähnlich? Plötzlich trat ich auf einen Ast. Laut knackend zerbarst dieser unter meinen Füßen. Das junge Mädchen erschrak. Nun musste ich mich zeigen. Ich lief um den Stamm herum und blieb wortlos vor ihr stehen. Sie starrte mich an und sprach ebenfalls kein einziges Wort. Ich fasste mich als erster und meinte: „Was tun Sie hier, mitten im Wald? Sie können doch ins Schloss kommen, hier ist es doch viel zu kalt." Aber die junge Schönheit schwieg und hatte Tränen in den Augen. Das Kind in ihrem Arm schlief tief und fest und ich wollte es mit meiner Fragerei auch nicht aufwecken. Dennoch sagte ich leise: „Sie können ruhig mit mir kommen. Ich habe ein Zimmer im Schloss. Da können Sie etwas essen und Ihr Kind ins Bett legen." Das Mädchen, welches eben noch beharrlich geschwiegen hatte, begann nun doch zu sprechen. Schluchzend sagte sie: „Ich kann nicht mitkommen. Mrs. Tucson mag mich nicht. Sie glaubt, ich sei ein Geist. Aber ich bin gekommen, damit sie sich um das Kind kümmert. Doch auch das Kind will sie nicht sehen." Ich war erleichtert, dass sie wenigstens mit mir sprach. Aber ich wollte von ihr auch wissen, was Mrs. Tucson gegen sie hatte. Und was hatte das alles mit dem Kind zu tun? Welches Geheimnis verbarg sich hinter der jungen Schönen? Noch einmal fragte ich sie, ob sie mit ins Schloss käme und warum Mrs. Tucson etwas gegen sie und gegen das Kind hatte. Doch sie stand plötzlich auf und verschwand wortlos mit ihrem Kind. Das Feuer, welches eben noch hell aufloderte, verlosch zischend und knackend. Ich verstand das alles nicht. Was ging hier nur vor? Nachdenklich lief ich ins Schloss zurück. Auf leisen Sohlen wollte ich in mein Zimmer gehen, doch plötzlich stand Mrs. Tucson vor mir. Sie hatte einen Kerzenleuchter in der Hand und das Licht der brennenden Kerzen gab ihrem Gesicht ein furchterregendes Aussehen. „Was tun Sie hier mitten in der Nacht", fauchte sie mich an. Ich war derart überrascht über ihr plötzliches Erscheinen, dass mir so schnell gar nichts einfiel. Ich stotterte herum, sprach von einem Spaziergang durch den Schlossgarten, obwohl mir meine Antwort mehr als dämlich vorkam. Mrs. Tucson meinte ungerührt, dass man bei diesem Wetter besser nicht aus dem Hause gehen sollte. Man holte sich schneller den Tod, als man es zu denken wagte. Bei diesen Worten fegte der Wind die Fenster der Galerie auf und das Gemälde des jungen Mädchens fiel laut scheppernd von der Wand. Ich erschrak fürchterlich, lief in die Galerie und starrte auf das Bild, welches mitten im Zimmer lag! Panisch schloss ich die Fenster, hob das Bild auf und hängte es wieder zurück an die Wand. Als ich zu Mrs. Tucson zurück wollte, war die nicht mehr da. Kopfschüttelnd lief ich über den endlos langen Gang bis zu meinem Zimmer. Von innen verschloss ich eilig meine Tür, wollte mir jedoch nicht eingestehen, dass ich mich gruselte. Am nächsten Morgen klopfte es schon sehr früh an meine Zimmertür. Ich glaubte zunächst, Mrs. Tucson wollte mich zum Frühstück holen. Doch so war es nicht. Zwar stand Mrs. Tucson vor der Tür, aber nicht, um mir die Frühstückseinladung zu überbringen. Vielmehr wirkte sie aufgeregt und nervös. Sie faselte, dass in der Nacht irgendjemand ein Kind vor den Personaleingang gelegt habe. Glücklicherweise war ich schon angezogen und ging sofort mit ihr mit. In der Schlossküche stand eine Wiege. Darin schlief ein entzückendes Wesen, ein kleines Kind. Es war ein Junge. Und es schien mir das gleiche Kind zu sein, wie es in der vorangegangenen Nacht dies junge Mädchen in seinen Armen gehalten hatte. Mrs. Tucson machte einen überforderten Eindruck. Sie wusste sich überhaupt nicht zu helfen und man spürte deutlich, dass sie wohl nie Kinder hatte. Die Köchin jedoch war sofort hin- und hergerissen von dem kleinen Würmchen. Rührend kümmerte sie sich um den kleinen Jungen. Mrs. Tucson schien sichtlich erleichtert, dass ihr die Köchin die Arbeit mit dem Kleinen abnahm. Ich hatte den Eindruck, dass sie wohl nur zu wenigen Gefühlen Kindern gegenüber fähig war. Jedenfalls schien ihr dieses Kind sogar lästig zu sein. Nur, warum? Als ich in die Galerie ging, um nach dem Gemälde zu schauen, war es verschwunden. Sofort rief ich Mrs. Tucson. Die schien gar nicht traurig über den Verlust. Sie stotterte nur herum und so langsam kam mir der Verdacht, sie selbst habe das Bild abgenommen. Ich konnte mir all diese merkwürdigen Vorgänge im Schloss einfach nicht mehr erklären. In der folgenden Nacht schien das Ganze zu eskalieren. Diesmal sah ich zwar niemanden im Schlossgarten, dafür hörte ich verdächtige Geräusche, die aus dem Keller zu kommen schienen. Ich nahm meine kleine Taschenlampe, die ich bei Reisen stets bei mir trug und lief die breite Treppe hinunter, bis ich vor einer schmalen Holztür stand. Das musste die Kellertür sein. Das merkwürdige Geräusch kam eindeutig aus dieser Richtung. Ich öffnete die Tür und stieg die schmale Steintreppe hinab. Sie war feucht und es roch modrig und faul. Als ich unten angekommen war, sah ich in einer Ecke des dunklen Gelasses wieder dieses merkwürdige Licht. Und da war sie wieder, die geheimnisvolle junge Schönheit, welche ich schon in der vergangenen Nacht im Schlossgarten sah. Sie saß an einem Feuer und weinte bitterlich. Diesmal hatte sie das Kind nicht dabei. Und in diesem Moment wurde mir klar, dass das Kind, welches Mrs. Tucson gefunden hatte, das Kind des Mädchens sein musste. Als ich mich zu erkennen gab, erlosch das Feuer. Mehrmals rief ich nach dem Mädchen, doch es antwortete keiner. Mit der Taschenlampe leuchtete ich sämtlich Winkel des Gelasses aus, doch nirgends entdeckte ich das Mädchen. Dafür fand etwas anderes. An der Stelle, wo das Feuer loderte, hatte jemand den Fußboden aufgehakt. Das kam mir komisch vor und ich grub mit meinen Händen in der Erde. Hatte hier jemand etwas vergraben? Wollte man hier irgendetwas verstecken? Plötzlich stieß ich auf etwas Weiches! Ich kehrte die Erde beiseite und erschrak! Vor mir lag eine menschliche Hand! Mit meinem Handy rief ich die Polizei. Es stellte sich heraus, dass in dem Erdloch der tote Mr. Tucson von Blackhouse lag. Mrs. Tucson gestand, ihn umgebracht zu haben. Sie hatte ihn unter einem Vorwand in den Keller gelockt und an Ort und Stelle erstochen. Der Grund dafür war, dass der ehrenwerte Lord ein Verhältnis mit einem Zimmermädchen hatte. Aus dieser Liaison entstand ein Kind. Mrs. Tucson, sie selbst keine Kinder bekommen konnte, jagte das Zimmermädchen samt Kind aus dem Schloss und rächte sich an ihrem Mann auf diese furchtbare Weise. Mrs. Tucson wurde verhaftet und ich saß noch lange mit der Köchin in der Galerie. Bis in die Nacht sprachen wir über die unfassbaren Vorkommnisse. Dabei fiel mein Blick auf eine Vitrine. Hinter dem Möbelstück schaute irgendetwas hervor. Ich sah nach, was es war. Erstaunt zog ich das verschollen geglaubte Gemälde des jungen Mädchens hervor. Die Köchin, die das sah, sagte nur traurig: „Ach, da ist ja das Bild wieder. Das war unser Zimmermädchen, welches von Lord Tucson ein Kind bekam. Da sie draußen im Wald hinter dem Schlossgarten lebte und nicht mehr ins Schloss zurückkommen wollte, starb sie schließlich vor einem Jahr an einer schweren Lungenentzündung."

Motel des Grauens

Jch hatte gehört, dass man in Ellis Motel sehr gut übernachten konnte. Deswegen steuerte ich es bei meiner letzten Recherche- Fahrt quer durch Arizona genau dieses Motel an. Allerdings ahnte ich damals noch nicht, welche furchtbaren Erlebnisse mir bevorstanden. Seit einigen Kilometern klatschte der Regen gnadenlos gegen meine Fahrzeugscheiben. Ich wusste wirklich nicht, ob ich weiterfahren sollte. Aber ich hielt eisern durch. Als auch noch ein heftiges Gewitter aufzog, hielt ich doch an. Ich stand ganz allein auf dem kleinen Rastplatz. Da sah ich eine Person in Lederbekleidung, die aus einem angrenzenden Wäldchen sprang. Sie hatte es sehr eilig und warf irgendetwas in den Papierkorb. Als sie verschwunden war, hatte ich so ein komisches Gefühl. Ich konnte es mir einfach nicht erklären, aber ich verspürte plötzlich den Drang, aus dem Wagen zu steigen und nachzuschauen. Vorsichtig öffnete ich die Wagentür und schaute, ob jemand in der Nähe war. Blitze erhellten die Umgebung und tauchten das Gelände in ein gespenstisches Licht. Da ich niemanden sehen konnte, lief ich schnellen Schrittes bis zum Papierkorb. Zunächst konnte ich nichts Verdächtiges entdecken. Eine prall gefüllte Plastiktüte lag darin. Ich ritzte sie auf, um nachzuschauen, da fuhr ich entsetzt zurück. Aus dem Schlitz ragte eine blutige Hand und schien nach mir zu greifen. So schnell ich konnte rannte ich zu meinem Wagen und fuhr mit quietschenden Reifen auf den Highway zurück. Irgendwann gegen Mitternacht erreichte ich Ellis Motel. Ich schien der einzige Gast zu sein, denn der kleine Parkplatz hinterm Haus war leer. Auch im Inneren des Gebäudes traf ich niemanden. Nur Elli, die Inhaberin des Rasthauses stand an der Rezeption und begrüßte mich freundlich. Sie gab mir den Zimmerschlüssel und wünschte mir einen angenehmen Aufenthalt. Da der Akku meines Handys leer war, konnte ich erst dort die Polizei anrufen. Die kamen sehr schnell und gefragten mich zu meinem grausigen Fund. Sofort beorderten sie eine Streife zu dem Rastplatz. Nach einigen Minuten berichteten sie mir, dass es sich bei dem furchtbaren Fund um eine abgetrennte Hand einer weiblichen Leiche handelte. Die Tote sei noch nicht gefunden. Mir wurde schwindelig, denn der Mörder war also noch auf der Flucht. Möglicherweise hatte er mein Fahrzeug gesehen und verfolgte nun auch mich? Ich teilte den Beamten meine Beobachtungen, die ich auf dem Rastplatte machte, mit. Die versprachen, den Täter schnellstens zu suchen. Doch mir war nicht wohl bei dem Gedanken, hier draußen in der Einsamkeit, in einem winzigen Motel einem herumlaufenden Mörder ausgeliefert zu sein. Elli, die Inhaberin des Motels, versuchte, mich zu beruhigen. Sie meinte, dass man den Täter schon finden würde. Doch sie fragte mich auch, ob ich mir wirklich ganz sicher wäre, eine Person auf dem verlassenen Rastplatz gesehen zu haben. Ich versicherte ihr, dass es genau so war. Sie warf mir einen merkwürdigen Blick zu und zog sich zurück. Als ich später in meinem Zimmer war, hatte ich einen guten Blick zum Parkplatz hinterm Haus. Wegen des starken Regens konnte ich zwar kaum etwas erkennen. Doch plötzlich erschien eine Person auf dem Parkplatz. Wie ein Blitz fuhr es durch meinen Körper! Da unten stand die in Leder gekleidete Person, die ich auf dem Restplatz gesehen hatte! Sie starrte in Richtung meines Fensters. Sofort löschte ich das Licht und verbarg mich hinter der Wand neben dem Fenster. Der Fremde hatte mich also gefunden.

Ich spürte, wie die Angst in mir hochkroch. Was sollte ich nur tun? Verwirrt schaute ich zu meinem Handy, doch das war noch immer nicht geladen. Immer wieder schaute ich hinunter auf den Parkplatz. Der Fremde stand nun vor meinem Wagen, doch plötzlich geschah etwas Merkwürdiges. Der Fremde schien sich zu verwandeln, er fiel auf die Knie und sein ganzer Körper schien zu vibrieren. Immer heftiger zuckte sein Leib und plötzlich wuchs er zu einem merkwürdigen Wesen heran, zu einem furchterregenden Monster! Es stand auf dem Parkplatz und hatte feuerrote Augen. Die stachen unter seinem schwarzen Fell hervor und stierten immerzu in meine Richtung. Ich konnte es nicht fassen und schaute zur Uhr, es war halb 1. Das Monster begann zu laut aufzuheulen und schritt auf den Hintereingang zu. Nun konnte es nicht mehr lange dauern, bis es zu mir käme. Ich nahm mein halb geladenes Handy vom Netz und steckte meine Brieftasche ein. Dann verließ ich schnellstens das Zimmer. Aber wohin sollte ich gehen? Am Ende des Ganges entdeckte ich eine Tür. Ich lief dorthin und klinkte mehrmals, die Tür ließ sich öffnen. Dahinter verbarg sich eine Abstellkammer. Durch einen kleinen Spalt in der Tür konnte ich den Gang gut beobachten. Es dauerte nicht lange, da erschien das Monster. Es stand vor meinem Zimmer und schaute sich gierig und mordlüstern um. Dann fletschte es seine spitzen scharfen Zahnreihen und stieß die Zimmertür auf. Ich war heilfroh, dass ich zeitig genug das Zimmer verlassen hatte. Nachdem das Monster im Zimmer verschwunden war, wollte ich schnellstens aus der Abstellkammer fliehen und zum Auto rennen. Doch ich kam nicht dazu. Ein lautes Gebrüll in meinem Zimmer, ließ mich noch abwarten. Als es wieder still wurde, glaubte ich, meinen Augen nicht zu trauen. Aus meinem Zimmer kam nicht das zähnefletschende Monster, aus dem Zimmer kam Elli, die Chefin des Motels. Vollkommen verblüfft stand ich hinter der Tür und wagte kaum zu atmen. Wie konnte so etwas möglich sein? Elli, die Chefin des Motels war in Wirklichkeit ein Monster? Fassungslos starrte ich auf den Gang. Elli war verschwunden. Ich wartete noch einen kleinen Moment ab, doch die Luft schien rein zu sein. Auf leisen Sohlen verließ ich mein Versteck und schlich in mein Zimmer zurück. Dort sah es aus, als sei eine Bombe eingeschlagen. Überall lagen zerbrochene Gegenstände, die Lampe war vom Tisch gefallen und zersprungen und meine Kleidung lag überall im Zimmer verstreut. Ich suchte alles, was mir gehörte zusammen und verstaute es in Windeseile in meiner Reisetasche. Dann verließ ich das Zimmer. Glücklicherweise befand sich niemand auf dem Gang. Elli musste wohl wieder an der Rezeption sein. Ich lief die hölzernen Stufen hinunter und wusste nicht, wie ich an der Rezeption vorbeikommen sollte. Da kehrten die Beamten zurück. Ich atmete tief ein und schritt mutig auf die Beamten zu. Doch plötzlich verwandelten sich auch die vor meinen Augen in blutrünstige Monster. Hinter der Rezeption stand Elli und fletschte ihre Zähne. Blut lief ihr aus dem Munde und ich zitterte vor Angst. Offenbar machten hier alle gemeinsame Sache. Und selbst die Polizeibeamten waren in Wahrheit blutrünstige Monster. Ich schaffte es, die Überraschung der Monster auszunutzen und rannte zwischen ihnen hindurch bis zu meinem Wagen. Ich sprang hinein und wollte starten. Doch der Motor schien defekt zu sein. Irgendetwas funktionierte nicht. Auch das heftige Gewitter, welches vorhin schon fortgezogen schien, war wohl zurückgekommen und die hellen Blitze zuckten um meinen Wagen herum. In der Tür des Motels erschienen die Monster und liefen auf meinen Wagen zu. Entsetzt und den Tod vor Augen startete ich den Motor wieder und wieder. Und plötzlich sprang er an. Als die Monster bereits in Griffweite zu stehen schienen, gab ich Gas und raste davon. Meine Hände hatten sich um das Lenkrad gekrampft und ich raste in die schwarze Gewitternacht hinein. Irgendwo an einem dunklen Wald hielt ich den Wagen an. Mich schien niemand zu verfolgen. Doch geheuer war mir die Sache nicht. Aus dem Wald glaubte ich, rote Lichtpunkte zu erkennen. Ich gab Gas und raste weiter die endlose Landstraße entlang. Stunden musste ich gefahren sein, als ich endlich einen kleinen Ort erreichte. Ich fuhr an einem Umleitungsschild vorbei und sah erleichtert mehrere Fahrzeuge, die durch die kleine Stadt fuhren. Mehrere Beamte standen an der Straße und sprachen mit Passanten. Ich hielt den Wagen an und stieg aus. Als ich einen der Beamten fragte, warum die Straße gesperrt sei, die ich eben noch entlangfuhr, schaute der mich besorgt an. Dann fragte er mich, ob es mir gut ginge und sagte dann: „Da haben Sie aber Glück. In der Nacht wurde die Straße von einem Meteoriten getroffen. Sie wurde total zerstört und musste gesperrt werden." Ich starrte den Beamten entgeistert an und erkundigte mich nach Ellis Motel. Doch der Beamte wusste nicht, was ich meinte, sagte nur: „Ein Motel gibt es dort nicht. Ellis Motel ist in einer ganz anderen Richtung, noch fünfzehn Meilen weiter nach Süden." Nun begriff ich gar nichts mehr. Ich war mir jedoch ganz sicher, den Namen des Motels an dem Gebäude, in welchem ich übernachtete, gelesen zu haben. Ich konnte es mir einfach nicht erklären. Aber ich wollte es genau wissen. Am nächsten Tag wollte ich noch einmal die gesperrte Straße entlangfahren, um nach dem Motel zu suchen. Gedacht, getan! Es gelang mir, die Polizeiabsperrungen zu umfahren und fuhr stundenlang auf der Straße entlang, auf welcher ich in der letzten Nacht vor den Monstern geflohen war. Irgendwann ging es aber dann doch nicht mehr weiter. Riesige Schilder versperrten mir den Weg. Außerdem klafften überall auf der Straße hinter den Schildern tiefe Krater. Ein Weiterfahren war vollkommen unmöglich. In der Ferne entdeckte ich ein Haus. Es ähnelte verblüffend Ellis Motel. Doch es war nur eine verfallene Ruine. Ich näherte mich der Ruine und erschrak! An einem verbrannten zerbrochenen Pfosten baumelte ein altes Holzschild – darauf stand beinahe schon unleserlich geschrieben: *Ellis Bar.* An einem weiteren zersplitterten Schild neben dem vermutlichen Eingang stand noch etwas: *Geschlossen ab 01.01.1866.* Und aus dem Wald hinter der Ruine glaubte ich, zwei feuerrote Lichtpunkte zu sehen.

Vermisst

Lori Campbell lebte in Pheonix Arizona. Sie war eine glückliche Ehefrau und ihr Ehemann, der Bauunternehmer Jim Campbell war erfolgreich und konnte gut für die Familie sorgen. Eines Tages jedoch schien dieses Glück zu zerplatzen wie eine Seifenblase im Wind. Jim kam nach Hause und unterbreitete seiner Ehefrau, dass die Firma pleite sei und kein Geld mehr vorhanden war. Lori wurde zwar sehr traurig über diese schlimme Nachricht, doch sie schwor Jim, dass sie immer zu ihm stehen wollte. Die Familie musste aus ihrem Haus in der Washington Ave ausziehen und in eine heruntergekommene Siedlung ziehen. Doch obwohl sich die beiden ewige Treue gelobten, schien das traute Familienleben innerhalb der folgenden sechs Monate erheblich unter den bestehenden Schwierigkeiten zu leiden. Da Jim oft unterwegs war, um einen neuen Job zu suchen, was sich als mehr als schwierig herausstellte, weil er nicht mehr so jung war, hatte er sich daran gewöhnt, dass Lori manchmal nicht zu Hause wartete, wenn er wieder nach Hause kam. Auch an jenem Freitag war das wieder so. Nach einem anstrengenden Tag, der mal wieder gar nichts brachte, kehrte Jim nach Hause zurück. Und zunächst wunderte er sich auch nicht, dass Lori nicht daheim war. Sie hatte ihrem Ehemann einen Topf auf den Herd gestellt, in welchem sie das Mittagessen, eine leckere Linsensuppe, vorgekocht hatte. Jim deckte den Tisch und wartete eine kleine Weile. Als Lori jedoch nicht kam, begann er zu essen. Doch nach einer halben Stunde, als Lori noch immer nicht erschienen war, begann sich der Mittvierziger Sorgen um seine Frau zu machen. Er stellte den Teller beiseite, holte sich auch keinen Nachschlag, obwohl die Suppe an diesem Tag besonders gut schmeckte und schaute aus dem Fenster. Draußen hatte es zu regnen begonnen, doch Lori war nirgends zu sehen. Jim wurde immer nervöser, er spürte, dass irgendetwas nicht stimmte, er fühlte es genau, aber was sollte er tun, wo sollte er suchen? Lori hatte nicht einmal einen Zettel auf den Tisch gelegt, so wie immer, wenn sie mal etwas länger von Zuhause fort war. Weil er es einfach nicht mehr aushielt, zog er sich eine Jacke über, nahm den Schirm und verließ das Haus. Draußen auf der Straße schaute er sich um, sein Blick schweifte über den Vorgarten bis zu den Häusern auf der anderen Straßenseite, doch nirgends, nicht einmal in irgendeinem Garten der angrenzenden Häuser konnte er seine Lori entdecken. Ihm wurde übel, denn er fühlte, dass etwas Schlimmes geschehen sein musste. Er fühlte genau, dass es etwas Außergewöhnliches war, dass sich wie ein scharfes Schwert in sein Leben geschnitten hatte, doch er wollte es nicht wahrhaben. Noch immer glaubte er, dass sich Lori doch noch meldete, dass sie wieder zurückkehrte, egal, wo auch immer sie war. Immer hatten sich die beiden Eheleute geschworen, dass sie zusammenbleiben wollten und sich immer ehrlich sagen würden, wenn etwas nicht stimmte. Diesmal aber gab es nicht ein Wort, keine geschriebene Zeile, keine Hinweise und auch kein Zeichen, nichts. Ein wenig panisch schwang sich Jim in den Wagen und fuhr mit quietschenden Reifen los. Er raste durch die breiten Straßen der großen Stadt, ließ seinen Blick über die Straßenränder schweifen, blieb stehen, um sich wieder umzuschauen und fuhr wieder weiter. Irgendwann kam er bei „Bills Drive Inn" vorbei, einer kleinen Kneipe, wo sie immer mal gemeinsam waren.

Doch auch Bill wusste nicht, was mit Lori passiert sein konnte.

Weit war Jim hinausgefahren, bis dorthin, wo er als Kind oft war, wenn er nicht mehr weiterwusste. Die einsame Gegend brachte ihm schon in der Kindheit so manche brauchbare Idee, die ihm dann irgendwie weitergeholfen hatte. Er hielt den Wagen an und schaute auf sein Mobiltelefon. Niemand hatte angerufen, auch Lori nicht. Mutlos und geschwächt setzte er sich auf einen herumliegenden Stein und schaute auf die mannshohen stacheligen Kakteen am Straßenrand. Aus der Ferne hörte er Geräusche, die sich wie Kinderlachen anhörten. Als er sich umschaute, versuchte, in der Ferne irgendetwas zu erkennen, war da jedoch nichts. Er blieb bis es dämmerte und auch da wollte er einfach nicht mehr heim. Weil er keine Kinder mit Lori hatte, schien es ihm auch nicht mehr so wichtig, nach Hause zu fahren. Er wollte einfach weitersuchen, doch irgendwann musste er die Polizei einschalten, denn allein konnte er nichts mehr tun. Plötzlich machte sich dichter weißer Nebel breit. Er kam so schnell, dass es Jim nicht mehr schaffte, in seinen Wagen zu steigen, um wegzufahren. Er wollte abwarten, bis sich die dichten Schwaden wieder verzogen, doch sie gingen nicht weg und wurden stattdessen immer stärker und immer dichter. Durch den weißen Nebel hörte sich das vermeintliche Kinderlachen noch unheimlicher an als eben noch. Jim stand regungslos in diesem undurchdringlichen Nebel und rührte sich nicht, da spürte er, wie ihn jemand ganz sacht an der Schulter berührte. Als er sich umdrehte, stand da Lori. Sie stand einfach nur da und rührte sich nicht. Ihr Blick war sorgenvoll und ihr rotgeschminkter Mund drückte Trauer und Bestürzung aus. Jim wollte etwas sagen, doch Lori hielt ihm den Zeigefinger auf den Mund, was so viel bedeuten sollte, dass er nicht sprechen möge. Vorsichtig aber auch entschlossen nahm sie seine Hand und zog ihn hinter sich her. Jim folgte widerstandslos und die beiden erhoben sich auf einmal in die Luft und flogen durch den dichten Nebel hindurch. Jim fragte schon lange nicht mehr, wie all das sein konnte, wie es möglich war, dass seine Frau so plötzlich bei ihm war, dass sie so unbehelligt sein konnte und dass sie schließlich durch diesen Nebel flogen als seien sie Vögel. Er fand sich einfach damit ab und machte alles mit, so, als wenn es ganz normal sei, was da mit ihnen ablief. Die beiden flogen durch die undurchdringlich wirkenden Nebelschleier und schienen überhaupt kein Ziel mehr zu haben. Irgendwann blieben sie stehen und Lori sagte: „Wir sind da." Jim wunderte sich, konnte er doch nichts entdecken, außer Nebel. Aber plötzlich verfärbte sich der Nebel und gab den Blick auf eine eigenartige Konstruktion frei. Wie Federn schwebten sie im Universum, alles um sie herum war dunkel und die Planeten des Sonnensystems drehten sich langsam und mächtig um sie herum. Plötzlich aber wurden sie immer kleiner und verschwanden in einer Art flirrenden Edelstein. Der driftete riesig groß und wuchtig im samtschwarzen Raum vor ihnen und Jim verstand überhaupt nicht, was das alles zu bedeuten hatte.

Er wollte Lori danach fragen, doch die kam ihm zuvor und flüsterte: „Das ist unser Universum … alles wird vergehen … schon in Kürze. Das Universum zieht sich zusammen und wir werden alle vergehen. Ich bin auserwählt, um es den Menschen zu berichten, dann wird alles neu beginnen."

Fassungslos starrte Jim auf den Edelstein und dann zu Lori. Er konnte nichts damit anfangen und schloss seine Augen, weil ihm alles zu viel wurde.

Als er sie wieder öffnete befand er sich nicht mehr im Universum und es war auch nicht schwarz um ihn herum und auch nicht neblig. Friedlich lag er in seinem Bett und neben ihm lag tatsächlich seine Ehefrau Lori. Wie konnte das nur möglich sein? Wie war er so schnell in sein Bett gekommen, waren sie doch eben noch im Universum. Aber es war so wie es immer war, er musste das Ganze wohl einfach nur geträumt haben.

Als gegen Morgen die beiden Eheleute aufstanden und Lori das Frühstück zubereitete, hatte Jim seinen verrückten Traum erfolgreich beiseitegeschoben, wenngleich er ihm nicht ganz aus dem Kopf gehen wollte. Zu realistisch schienen die Erlebnisse und zu echt waren der Nebel und dieses Universum, durch den er mit Lori gefahren war. Dennoch schmeckte der starke Kaffee an diesem sonnigen Morgen ganz wunderbar und die beiden unterhielten sich angeregt über dies und das. Als Lori ihrem Mann noch etwas Kaffee nachschenkte, fiel dessen Blick auf ihre Hand. Was er dort erblickte, jagte ihm einen eiskalten Schauer über den Rücken. Denn an ihrem kleinen Finger glitzerte ein Ring mit einem großen Edelstein, den Jim bis dahin noch nie bemerkt hatte. Es glich aufs Haar jenem Edelstein, der in seinem vermeintlichen Traum im Universum schwebte, und plötzlich schaute Lori ganz seltsam zu ihm herüber. Es war ein Blick, der ihm durch Mark und Bein ging und wieder hörte er dieses seltsame Kinderlachen, während Lori flüsterte: „Schon bald wird es geschehen, das Universum wird vergehen."

Die schwarze Lady

Lady Macbeth war eine bekannte Magierin. Ihre Shows zogen dutzende Interessenten an. Sie lebte allein in einem großen Schloss und nur selten ließ sie Gäste dort hinein. Deswegen war man schockiert, als sie verschwand. Nirgends konnte man sie finden. Auch die Polizei war überfordert. Man munkelte bereits, sie habe sich selbst weggezaubert. Eines Tages jedoch fanden Spaziergänger eine Leiche am See hinter dem Schloss. Es war ihr 76. Geburtstag und ein grünes Handtuch trieb im eiskalten Wasser des Sees. Schnell fand man heraus, dass es sich bei der Toten um Lady Macbeth handelte. Sie wurde erwürgt, doch den Täter fand man nicht. Die Jahre vergingen und das steinerne Grabmal im Schlossgarten wurde langsam von den umstehenden Pflanzen und Sträuchern in Besitz genommen. Niemand kümmerte sich darum, und Lady Macbeth hatte auch keinerlei Nachkommen. Das Schloss verfiel und verwandelte sich schließlich in eine gruselige Ruine. Und auch jetzt, wo Lady Macbeth nicht mehr am Leben war, kam niemand, um an ihrem Grab Blumen zu hinterlegen. Auch in das alte Schloss traute sich keiner. Ein windiger Geschäftsmann schließlich kaufte das Gelände und verwandelte die gesamte Schlossanlage in ein vornehmes Schlosshotel. Das steinerne Grabmal ließ er stehen, kümmerte sich auffallend besorgt um die Grabstelle. Und beinahe schien es, als würde die Seele von Lady Macbeth durch die neu gestalteten Räume geistern und sich an dem frischen Wind, der nun in den Gebäuden herrschte, erfreuen. Doch so sollte es nicht bleiben. Wie ein grausamer Fluch kam das Grauen über den Ort. Eines Tages fand man eine Leiche im Weinkeller. Der Mann wurde erwürgt. Und

Erinnerungen wurden wach, Erinnerungen an Lady Macbeths furchtbaren Tod. Sollte der Mörder etwa an den Ort seiner grausamen Tat zurückgekehrt sein? Die Polizei tappte im Dunkeln. Sie konnte den Täter nicht finden. Zwei Wochen verstrichen – da fand man eine Tote im Swimmingpool. Auch diese Dame wurde erwürgt, vermutlich mit einem Handtuch. Und wieder gab es vom Täter keine Spur. Sollte nun das Ende des Schlosshotels gekommen sein? Eines Tages erschien eine rätselhafte Lady in der Hotelhalle. Sie trug ein langes schwarzes Kleid und ihr Gesicht wurde von einem schwarzen Schleier verhüllt. Als sie an der Rezeption stand schaute sie sich lange um. Dann nahm sie ihre Zimmerschlüssel in Empfang und verschwand wortlos. Sie hatte keinerlei Gepäck dabei, nur eine schwarze Handtasche. Die Hotelgäste, die jene Unbekannte gesehen hatten, verspürten eine seltsame Kühle, die in der Luft lag. Und es war ganz merkwürdig, aber sie fuhr mit einem Fahrtsuhl nach oben, der eigentlich stillgelegt war. Die Lady hatte Zimmer Nummer 77. Sie wollte unter keinen Umständen gestört werden. Und als sie am nächsten Morgen nicht zum Frühstück erschien, kümmerte sich auch keiner um sie. Doch als sie auch am Mittag nicht im Restaurant erschien, veranlasste der Hoteldirektor, im Zimmer nachzuschauen, ob alles in Ordnung sei. Mehrmals klopfte der Page an die Tür, doch es öffnete niemand. Schlief die Lady vielleicht noch? Auf dem Fußboden entdeckte er ein grünes blutverschmiertes Handtuch. Es lag auf dem Gang und der Page hatte einen furchtbaren Verdacht. Vorsichtig schloss er die Tür auf und trat ein. Zunächst konnte er nichts Verdächtiges sehen, doch dann sah er, dass einer der Ohrensessel zum geöffneten Fenster ausgerichtet war. Der Page lief zum Sessel und erschrak! Im Sessel lag der leblose Körper der vermissten Lady. Umgehend rief er den Direktor. Als der erschien, geschah etwas merkwürdiges, das grüne Handtuch schien sich zu bewegen. Es entwickelte ein regelrechtes Eigenleben. Zunächst glaubten alle, der Wind, der durch das geöffnete Fenster drang, sei schuld daran. Doch plötzlich erhob sich das Handtuch wie von selbst in die Luft, flog ins Zimmer hinein und wedelte um die tote Lady herum. Die Anwesenden fuhren erschrocken zur Seite, beobachteten schockiert den Spuk. Das Handtuch kreiste eine Weile über den Leuten, dann fuhr es hinunter, geradewegs auf den Hoteldirektor zu. Der fuhr entsetzt zur Seite, doch es war bereits zu spät. Das Handtuch wirbelte drohend um seinen Kopf und schlang sich schließlich in Windeseile um seine Hände. Der Direktor konnte gar nichts tun, denn alles geschah derart schnell, dass er nicht mehr reagieren konnte.

Doch das Handtuch gab noch immer keine Ruhe. Wie eine Hand, die aus der Hölle kam, zog es den Direktor gnadenlos zu Boden. Dort blieb es haften und hielt den Direktor gefangen. Der lag hilflos und gefesselt am Boden und konnte sich nicht mehr rühren. Und nun sahen es auch die herbeigeeilten Hotelgäste: An seinen Händen klebte Blut, welches nicht von ihm zu stammen schien. Die schnell eintreffende Polizei befreite den Direktor aus seiner misslichen Lage und verhaftete ihn sofort. Es stellte sich heraus, dass er der gesuchte Mörder war. Das Blut an seinen Händen und am Handtuch glich eindeutig dem Blut der Toten. Er gab schließlich alles zu. Auch die anderen Hotelgäste hatte er aus Geldgier umgebracht. Später konnte auch die geheimnisvolle Tote identifiziert werden. Es war Lady Macbeth – und es war ihr 77. Geburtstag. Und das grüne Handtuch war das gleiche, mit welchem sie damals am See erwürgt wurde.

Die geheimnisvolle Grenze

Es war ein kühler hässlicher Herbstabend. Es regnete in Strömen und ich wollte eine Abkürzung zurück in die Stadt fahren. Doch ich verfuhr mich und landete auf einem seichten Feldweg. Weil ich nicht wenden konnte, half es nichts, ich musste einfach weiterfahren! Zum Anhalten erschien mir die Gegend zu unwirklich. Es dämmerte und ich schaltete die Scheinwerfer meines Wagens ein. Die Lichtkegel bohrten sich durch den Nebel und verloren sich auf den Steinen des Weges. Plötzlich bewegte sich irgendetwas vor meinem Fahrzeug. Ich trat auf die Bremse, doch der Wagen rutschte auf dem Morast weiter nach vorn. Als er endlich stehenblieb, schaltete ich das Fernlicht ein. Auf dem Weg, mitten im Morast lag eine Person. Ich wollte aussteigen, doch in diesem Moment schossen mir Schauergeschichten von Überfällen mitten auf der Landstraße durch den Sinn. Wieder und wieder starrte ich auf die Person. Regungslos lag sie da und ich konnte beim besten Willen keine bösartigen Helfershelfer entdecken. Vorsichtig öffnete ich die Wagentür und setzte einen Fuß hinaus. Augenblicklich versank er im Morast. „Auch das noch", schimpfte ich vor mich hin. Schließlich stieg ich doch aus und lief zu der Person, es war ein Mann um die Vierzig! Er war mit einem schwarzen Dress bekleidet und trug ein pulsierendes kleines Gerät an seinem Handgelenk. Ich rüttelte ihn an der Schulter und schaute mich dabei skeptisch nach allen Seiten um. Was, wenn doch jemand aus den Büschen hervorsprang? Doch es kam keiner. Der Fremde atmete noch und obwohl meine gesamte Kleidung bereits schmutzig war, versuchte ich, den Mann aufzurichten. Langsam schienen die Lebensgeister in ihn zurück zu kehren. Er bewegte sich und öffnete die Augen. Irritiert starrte er mich an! „Wo bin ich, wo ist Amanda", murmelte er vor sich hin. Ich half ihm auf und stützte ihn, während wir zum Wagen liefen. „Na Gott sei Dank, Sie leben", rief ich erleichtert. „Dachte schon, Sie hätten sich absichtlich hierhin gelegt." Der Fremde schien vollkommen verwirrt zu sein. Doch ich konnte keinerlei Verletzung an ihm entdecken. Ich fragte ihn, ob ihm etwas wehtäte oder es ihm nicht gut ginge. Doch er schüttelte seinen Kopf und sprach andauernd von dieser ominösen Amanda. Als er meinen Wagen sah, lachte er plötzlich laut. Ich konnte mir diesen plötzlichen Gefühlsausbruch nicht erklären und fragte ihn, warum er so lachte. Er meinte, dass ich ihm kein Theater vorspielen bräuchte, nur weil Amanda nicht käme. Ich verstand beim besten Willen nicht, was mit ihm los war, schob sein merkwürdiges Verhalten auf einen Schock. Eigentlich wollte ich erst einmal eine Decke auf den Autositz legen, doch ich hatte keine Hand frei. So blieb mir nichts weiter übrig, als ihn umständlich und so schmutzig wie er war, auf meinen sauberen Autositz zu verfrachten. Als er endlich im Wagen saß, versuchte ich, den Schmutz von meiner Kleidung zu putzen und setzte mich ebenfalls in den Wagen. Unterdessen erholte sich der Fremde mehr und mehr. Als er sich aufrappelte und aus der Windschutzscheibe schaute, lachte er erneut und fragte dann: „Sagen Sie mal, aus welchem Jahrhundert ist denn dieses Vehikel?" Mürrisch verzog ich mein Gesicht. Eigentlich hatte ich ja mit einem freundlichen „Dankeschön" gerechnet. Aber mit solch einer Frage. „Es tut mir leid, wenn ich Ihnen keine Luxuskarosse bieten kann, junger Mann", entgegnete ich unwirsch. Dann startete ich den Wagen und fuhr weiter durch den schmierigen Morast.

Nach einer endlos scheinenden Irrfahrt über den Feldweg erreichten wir endlich die Straße. Der Fremde schaute interessiert auf die leuchtenden Instrumente des Fahrzeuges. Es sah bald so aus, als habe er noch nie in einem Auto gesessen. „Das ist schon interessant", meinte er dann, „warum fahren Sie denn noch solch ein uraltes Ding? Lieben Sie Antiquitäten? Sie dürfen sich nicht erwischen lassen. Denn Sie wissen doch, dass auf das öffentliche Fahren von antiquierten Fahrzeugen eine Strafe steht." Mir reichte es so langsam mit diesem albernen Kerl. Was bildete er sich überhaupt ein? Ich wollte ihm gerade anbieten auszusteigen, da bemerkte ich seinen ernsten Blick. Ich hielt den Wagen an und fragte ihn, wie er zu dieser Aussage käme. Der Fremde starrte mich an und antwortete mit einer Gegenfrage: „Sag mal, ist das etwa alles echt hier?" Ich nickte ungläubig. „Welches Jahr haben wir denn", fragte er noch. „Natürlich 2007", bemerkte ich kopfschüttelnd. Der Fremde erschrak, tat so, als hätte ich etwas Furchtbares zu ihm gesagt. Dann meinte er nur, dass ich nicht scherzen sollte. Als er bemerkte, dass ich es ernst meinte, sagte er mit zittriger Stimme, dass er im Jahre 2159 lebte. Ich konnte es nicht glauben und brauchte erst einmal Luft. Ich riss die Autotür auf und atmete tief ein. Dem Fremden schien es ebenso zu gehen. Er stieg aus und lehnte sich ans Fahrzeug. „Ich wollte zu Amanda", sagte er dann, „Amanda ist meine Freundin. Wir waren vor Schleuse 44 verabredet. Doch sie kam nicht. Vermutlich hat sie einen anderen!" Ich erkundigte mich neugierig, was Schleuse 44 sei. Der Fremde sagte, dass es überall Schleusen gäbe. Durch diese Schleusen gelangte man mit so genannten Mobiltransportern zu jedem gewünschten Ziel auf der Erde und auf jedem Planeten des Sonnensystems. Ich hielt mir die Hand auf die

Stirn, hatte so etwas wahrlich noch nie gehört. Natürlich wollte ich noch eine Menge mehr von ihm wissen. Auch, welche Transportmittel man sonst noch benutzte. Der Fremde lachte und sagte laut: „Na so was wie Sie hier fahren jedenfalls nicht!" Er erklärte mir, dass jeder solch einen Mobiltransporter besäße. Das seien kleine Kabinen, die aus einem bestimmten Kunststoff bestünden und das Schwerefeld der Erde überwinden konnten. Alle Mobiltransporter glitten lautlos und in rasender Geschwindigkeit durch die Luft und konnten in Minutenschnelle jeden Punkt auf der Erde erreichen. Bei diesen Worten drückte er auf dem Gerät herum, welches an seinem Handgelenk befestigt war. Augenblicklich erschien ein riesiges Hologramm. In seinem Inneren drehte sich eine große Stadt. Irgendwie kam sie mir bekannt vor. Es war meine Stadt, vermutlich im Jahre 2159! Über der Stadt erschienen die Worte: „Verbindung nicht möglich!" Offenbar konnte der Fremde nicht mit dieser Stadt in Verbindung treten. Mir fiel ein, dass ich mich noch gar nicht bei dem Fremden vorgestellt hatte. „Übrigens, mein Name ist Tom", rief ich laut. Der Fremde schaute mich an und entgegnete dann, dass er Moor hieße. Ich fand diesen Namen irgendwie seltsam, wie alles, was er mir erzählte. Doch ich zeigte es ihm nicht. Lange unterhielten wir uns und Moor berichtete mir von großen Zielen, die sich die Menschheit in der Zukunft gestellt hätte. Und er erzählte mir von Amanda, einer wunderschönen jungen Frau, die er so sehr liebte. Er hatte sie in einem Institut auf dem Jupitermond IO kennengelernt. Zusammen wollten sie in die Ferien in die Marsstadt URVUS reisen, um endlich einmal richtig auszuspannen und sich dutzende Hologramme anzuschauen. Da passierte der Unfall. An Schleuse 44, wo sie sich treffen wollten, gab es eine Überspannung im Raum-Zeit-Gefüge. Moor wurde ohnmächtig und ich fand ihn schließlich auf dem Feldweg. Ich erzählte ihm auch von meinem Leben, von meinen Schwierigkeiten und Problemen in der Firma und das ich mich mit Ella, meiner Frau so langsam auseinanderlebte. Und irgendwie schien es, als ob im Jahre 2159 die Probleme nicht viel anders sein würden. Sie fanden nur in anderen Zeiten statt. Aber sonst. Moor meinte, dass man immer wissen müsste, was man wollte. Auch in der Zukunft, in seiner Welt, wäre das nicht anders. Und gerade da, in dieser so vielschichtigen Welt musste man aufpassen, dass man sich nicht verzettelte. Denn man war auch dort für sich selbst verantwortlich. Moor hatte auch kein Erfolgsrezept für meinen Ärger. Aber er gab mir einen guten Rat: „Wenn Du nicht mehr weiterweißt, fahr hinaus und schau in die Sterne. Dann wirst Du wissen, was richtig ist." Ich bewunderte ihn, seine Zielstrebigkeit und seine Sicherheit. Er war so unbekümmert und musste sich doch in so vielen Welten zurechtfinden. Gern wäre auch ich so, in meiner Welt. Vielleicht war alles gar nicht so schwer. Das Leben, das Zusammenleben mit Ella. Vielleicht sollten wir uns alle etwas mehr Zeit zum Leben nehmen? Ich hätte sehr gern weiter mit Moor gesprochen, als es plötzlich einen lauten Knall gab. Es war beinahe so, als würde ein Düsenjäger durch die Wolken jagen. Moor schaute plötzlich auf und zeigte dann zum Feld hinüber. „Da siehst Du", rief er laut. Ich schaute ebenfalls zum Feld und sah, wie sich eine hell aufblitzende grüne Linie übers Feld zog. Was war das? Moor nahm mir die Frage ab und sagte: „Das ist Schleuse 44. Die Grenze zu meiner Welt. Ich muss los. Denn ich glaube, dass ich bereits gesucht wurde von unseren Leuten. Vielleicht sogar von Amanda. Sicher wird diese Grenze nicht lange existent bleiben. Also dann, leb wohl Tom. Und alles Gute. Und denk immer daran – immer wissen, was man will!" Dabei zwinkerte er mir aufmunternd zu. Ich schaute ihn an. Er lächelte und schien zu wissen, dass wir uns wohl nie wiedersehen würden. Wir liefen zu der grünen Linie aufs Feld und blieb in sicherer Entfernung zur Linie stehen. Moor jedoch schritt langsam auf den seltsamen Streifen im Feld zu. Ich hatte Tränen in den Augen, war mir die Bekanntschaft mit ihm doch so angenehm. Die Bekanntschaft mit einem Mann aus einer anderen Zeit. Ein letztes Mal drehte er sich zu mir um und winkte kurz. Dann schritt er über die Linie und verschwand. Noch sehr lange starrte ich auf das weite Feld. Aber weder die Linie noch Moor waren zu sehen. Es war, als sei er niemals hier gewesen. Aber ich wusste nun, dass es ihn gab. Und ich wusste, dass es eine Zukunft für uns alle gab. Ich erkannte aber auch, dass es an uns liegt, diese Zukunft zu erreichen. Es liegt an uns allen, friedlich miteinander umzugehen. Nur so werden wir diese Zukunft erreichen. Moor war das beste Beispiel für mich. Mir wurde kalt und ich hatte das dringende Bedürfnis, nach Hause zu fahren, um endlich ins Bett zu gehen. Ella schlief sicher schon lange, oder? Ich kramte in meiner Hosentasche nach dem Handy. Doch ich fand es nicht. Vermutlich hatte ich es in der Firma liegen lassen. Trotzdem nahm ich mir vor, am nächsten Morgen noch einmal mit Ella über alles zu reden. Nachdenklich stieg ich in meinen Wagen und wollte losfahren. Da entdeckte ich auf dem Sitz neben mir das merkwürdige Gerät, welches Moor an seinem Handgelenk hatte. Ich nahm es an mich und schaute lächelnd zum Himmel. Vielleicht hatte er es absichtlich zurückgelassen. Ich wusste es nicht. Ich bewahrte es zu Hause auf und immer, wenn ich nicht mehr weiterwusste, holte ich es und versuchte, eine Verbindung herzustellen, die Verbindung in eine andere Welt. Und dabei glaubte ich jedes Mal, Moors Stimme zu hören, der zu mir sagte: „Du musst immer wissen, was Du willst!"

Der Angriff

Es war ein heftiges Gewitter, welches über dem Dschungel tobte. Kim und Stan fuhren mit ihrem Jeep durch die Savanne und wollten ihre Forschungen an den Primaten, den Schimpansen noch zu Ende führen. Doch dieses Gewitter war mörderisch. Es hagelte wie noch nie und grelle Blitze zuckten auf die Erde herab, wie man sie selten zu sehen bekam. Die beiden Forscher hielten den Wagen an und warteten erst einmal ab. Außerdem war der Tank fast leer. Nach einer Stunde beruhigte sich alles wieder. Das Gewitter zog ab und hinterließ eine verwüstete Landschaft. Dutzende umgeknickte Bäume lagen auf den Wegen herum und auch der Jeep hatte etwas abbekommen. Die Scheiben waren zerschlagen. Dennoch mussten die beiden noch heute ins nächste Dorf. Sie mussten den Wagen neu betanken, um von dort aus weiter in den Dschungel hinein fahren zu können. Allerdings kam die Nacht schneller als ihnen lieb war. Würde der Wagen das Dorf noch erreichen? Stan schaute auf die Spritanzeige. Vielleicht war ja doch etwas drin. Sie hatten Glück und es reichte geradeso. In dem kleinen Dorf im Mangrovenwald hatte man schon auf die beiden gewartet. Ein Telegramm aus dem Institut in New Jersey war gekommen. Sie sollten ihre bisherigen Forschungsergebnisse schnellstens ins Institut bringen. Das hieß, dass sie so schnell wie möglich in die USA zurückmussten. Bis zum Flugplatz allerdings war es eine ziemliche Strecke. Der Wagen wurde betankt und Kim stellte einen großen Benzinkanister auf die Ladefläche. Der Dorfälteste Hung lud beide ein, bis zum nächsten Morgen im Dorf zu bleiben. Ein Flugzeug nach Kapstadt würde nicht vor Morgen Mittag gehen. Kim und Stan waren einverstanden und nahmen am Lagerfeuer Platz. Über dem Feuer brutzelte ein leckerer Braten und verbreitete einen herzhaften Geruch. Doch genau dieser Geruch schien auch andere Gäste anzulocken. Rund um die versammelte Dorfmannschaft raschelte es bedrohlich im Gebüsch. Hung brachte mehrere Gewehre und lud sie. Stan wiegelte ab, dass es schon nicht so schlimm werden würde. Doch Hung ließ sich nicht stören. In aller Seelenruhe schob er die Patronen in die Gewehre und gab jedem der anwesenden Männer eines in die Hand. Seine Befürchtungen schienen nicht ganz umsonst zu sein, denn die Geräusche um das Dorf wurden immer lauter. Hung befahl den Männern, die Familien zusammen zu rufen. Sie sollten auf den großen LKW steigen, der immer bereitstand, und abwarten. Vielleicht verzogen sich die hungrigen Beobachter wieder und die Gefahr wäre vorbei. Als alle Familien auf dem LKW saßen, stiegen auch die Männer zu. Hung saß am Steuer und fuhr schließlich doch los. Zu laut war das Geheul aus dem Unterholz. Immer wieder wurden sie vor Angriffen der umherlungernden Tiger gewarnt. Als der LKW nicht mehr zu hören war, nahm Kim den Braten vom Spieß und verstaute ihn auf der Ladefläche des Jeeps. Sie wollten gerade losfahren, da sprangen dutzende Schimpansen aus dem Unterholz hervor. Sie formierten sich in einer Reihe und blieben stehen. Stan traute seinen Augen nicht, einer der Primaten sprang auf das noch immer lodernde Feuer zu und nahm einen brennenden Holzscheit heraus. Mit dieser Fackel zündete er sämtliche umstehende Hütten an. Als die lichterloh brannten, kamen noch mehr Affen aus dem Busch gesprungen. Sie sahen furchteinflößend aus, hatten Holzstöcke in der Hand und schlugen das, was noch stand, in tausend Stücke. Schließlich entdeckten sie den Jeep. Denn

Stan war vor lauter Schreck noch immer nicht losge-
fahren. Die Schimpansen rannten auf das Fahrzeug zu
und sprangen auf die Ladefläche. „Fahr endlich los",
rief Kim und Stand startete das Fahrzeug. Doch es ließ
sich einfach nicht in Gang setzen. Erst nachdem der
Affe mit der brennenden Fackel angerannt kam,
sprang der Wagen an. Stan gab Gas und die Affen
rannten wütend und schreiend hinter ihnen her. Die
beiden rasten durch den Dschungel, dass hinter ihnen
dicke Staubwolken aufwirbelten. Die Schimpansen
gaben schließlich ihre Verfolgung auf und die Gejag-
ten waren froh, den Wagen kurz vorher betankt zu
haben. An einer steilen Felswand hielt Stan den Wagen an. Sie stiegen aus und verharrten einen Moment
neben dem Fahrzeug. Doch es war totenstill. Offenbar
waren ihnen die Affen nicht bis hierher gefolgt. Kim
holte den Kanister und füllte sicherheitshalber etwas
Sprit nach.
„Für alle Fälle", sagte sie besorgt. Sie ahnte nicht, wie
recht sie noch haben würde. Gerade wollten es sich
die beiden auf der Wiese vor der Felswand niederlas-
sen, da vernahmen sie erneut merkwürdige Geräusche. Die beiden verhielten sich still und sprachen
kein Wort mehr.
Vorsichtig pirschten sie sich am Felsen entlang. Hinter
dem Felsen loderte ein großes Feuer. Davor sahen sie
mehrere Reihen strammstehender Schimpansen. Sie
standen da und vor ihnen gab einer der Affen seltsame schrille Laute von sich. Kein Zweifel, die Affen
hatten sich zusammengerottet. Vermutlich wollten sie
die menschlichen Ansiedlungen überfallen. Nur warum? Wollten sie sich gegen die Menschen wehren,
weil sie sich nicht gut behandelt fühlten? Oder fanden
sie keine Nahrung mehr? Die beiden wussten es nicht,
zogen sich leise zurück. Sie mussten dringend die

umliegenden Dörfer warnen, bevor die Affen sie überfielen.

Es gelang ihnen, unbehelligt von diesem gruseligen Ort wegzufahren. Und sie konnten in die nahegelegenen Dörfer fahren. Die dort lebenden Menschen konnten noch rechtzeitig in Sicherheit gebracht werden. Schließlich wurde die Armee beauftragt, die Bevölkerung gegen einen drohenden Angriff zu schützen. Auch das gelang, denn gegen die Waffen der Menschen waren die Primaten machtlos. Keiner der Affen musste getötet werden. Sie konnten mit speziellen Netzen eingefangen werden. Hunderte Affen wurden in schnell aufgestellte Käfige gebracht. Kim und Stan wurden beauftragt, nach der Ursache des vermeintlichen Affenangriffs zu suchen. Es stellte sich heraus, dass es tatsächlich die fehlende Nahrung war, welche die Primaten derart rebellisch werden ließ. Warum sie sich aber zu einer regelrechten Armee formierten, und wie sie das zustande gebracht hatten, konnte nicht ermittelt werden. Als Kim und Stan die Bäume der Primaten näher untersuchten, erschraken sie fürchterlich. In einem der Bäume fanden sie einen Laptop, den sie offenbar den Menschen heimlich weggenommen hatten. Bei der Untersuchung des Laptops entdeckte man ein merkwürdiges Programm. Es zeigte eine große Stadt und dutzende Pfeile ringsherum. Unter den Pfeilen waren kleinere Schimpansen abgebildet. Kein Zweifel, die Affen planten einen Großangriff auf eine Stadt!

Das Schloss im Säure-See

ajestätisch lag das Schloss inmitten des einsamen Bergsees. Es sah beinahe so aus, als ob es auf dem Wasser schwamm. Die Inhaberin des Schlosses hatte bisher noch niemand gesehen. Man munkelte, es sei eine alte Gräfin, die in jenem Schloss residierte. Wie sie hieß wusste keiner. Man wusste nur, dass sich die Gräfin jeglichen Besuch verbat. Warum das so war, konnte sich niemand erklären. Aber das zumindest mit dem See irgendetwas nicht stimmte, war allen klar. Seltsame Dinge gingen dort vor sich. Immer wieder verschwanden Leute, die heimlich und bei Nacht zum Schloss schwammen. Von diesen merkwürdigen Dingen bekam eines Tages auch ein findiger Journalist Wind. Mark, so sein Name, versuchte vergeblich, die Gräfin telefonisch zu erreichen. Stets meldete sich eine Stimme, die mitteilte, dass die Gräfin nicht erreichbar sei. Mark erkundigte sich in einem winzigen Dorf, unweit des Sees, ob man etwas über die Gräfin wusste. Doch dort zeigte man sich sehr bedeckt, wollte nicht über das Schloss und auch nicht über den See sprechen. Nur, dass sich keiner mehr in den See traute, erzählte man ihm hinter vorgehaltener Hand. Außerdem könnte man manchmal ein kleines Boot beobachten, dass bei Nacht und Nebel zum Festland übersetzte. Dort wartete bereits eine schwarze Limousine, und eine schwarz gekleidete Gestalt stieg ein und brauste davon. Mark blieb nichts weiter übrig, als sich selbst zum See zu begeben und abzuwarten. Er packte seine Sachen zusammen und fuhr mit einem kleinen Zelt im Kofferraum in die Berge zu dem malerisch gelegenen See. In einem dichten Waldstück baute er das Zelt auf und richtete sich für ein paar Tage dort ein. Schon in der ersten Nacht zog er um den See. Vom steinigen Ufer aus beobachtete er das kleine Schloss. Es schien schon sehr alt zu sein, denn es sah verfallen aus und grau. Mark fand eine kleine Bucht, von wo aus er das Schloss sehr gut sehen konnte. Er setzte sich auf eine mitgebrachte Decke und schaute unentwegt auf den See hinaus. Gegen Mitternacht wurde es so kalt, dass er sich die Decke umwarf und ein paar Schritte hin und her lief. Dabei rutschte er aus und sein Fotoapparat fiel in den See. Weil das Wasser an dieser Stelle sehr flach war, wollte er den Apparat wieder herausholen. Da beobachtete er mit Schaudern, wie das Wasser heftig zu sprudeln begann. Es zischte und brodelte, dann war vom Fotoapparat nichts mehr zu sehen. Er hatte sich einfach aufgelöst. Mark wich einen großen Schritt vom Ufer zurück. Wie konnte das nur sein? Warum löste sich der Fotoapparat im Wasser auf? War das überhaupt Wasser? Er entschloss sich, eine Probe zu entnehmen und diese in einem Institut untersuchen zu lassen. Schnell kramte er eine mitgebrachte Glasampulle aus seinem Rucksack, zog sich Gummihandschuhe über und legte die Ampulle ins flache Wasser. Als sie mit dem Wasser des Sees gefüllt war, zog er sie wieder heraus und verschloss sie. Schließlich verstaute er sie in seinem Rucksack. Bevor er das Schloss genauer untersuchte, musste er erst einmal wissen, was es mit dem Wasser des Sees auf sich hatte. Noch in der Nacht fuhr er zu einem befreundeten Physiker. Der versprach ihm, die Analyse umgehend vorzunehmen. Am nächsten Tag erfuhr er, dass es sich bei dem Wasser des Sees um Salzsäure handelte. Mark wusste nicht, was er dazu sagen sollte. Wie kam diese Säure in den See? Und warum konnte das Boot, welches man beobachtet hatte, unbeschadet den See überqueren? Mark wusste nicht, was er tun sollte. Er fuhr zurück zum See und überlegte. Vielleicht konnte er ja mit einem Fluggerät zum Schloss hinübergelangen. Aber wie sollte er im Schloss landen? Trotz aller Vorbehalte wollte er es dennoch wagen. Mit seinem Journalistenkollegen Bernd, der nebenbei Ballonfahrten anbot, wollte er zum Schloss hinüberfahren. In der folgenden Nacht war es soweit. Bernd und Mark starteten von einer großen Wiese beim Ufer in Richtung des Schlosses. Alles funktionierte wunderbar und der Ballon ging lautlos auf einem Turm des Schlosses nieder. Bernd band den Ballon an einem Wetterhahn fest. Dann schlichen die beiden durch eine offene Tür in das Innere des Schlosses. Doch es war ganz seltsam – das Schloss schien verlassen. Nirgendwo trafen sie auf eine Menschenseele. Überall lagen nur Schutt und heruntergefallene Mauerreste herum. Das gesamte Schloss war in einem bemitleidenswerten Zustand. Offenbar hatte sich schon seit vielen Jahren keiner mehr um irgendetwas gekümmert. Lebte überhaupt jemand hier? Und wo befand sich die Gräfin? Gab es überhaupt diese ominöse Gräfin? Lange brauchten die beiden nicht, um das gesamte Schloss zu durchqueren. Sie fanden auch nicht den kleinsten Hinweis auf einen Bewohner oder gar die Gräfin. Gerade wollten die beiden wieder auf den Turm, um mit ihrem Ballon zum Ufer zurück zu fahren, da entdeckte Bernd eine Holztür. Sie war nur angelehnt und die beiden schritten hindurch. Über eine schmale Wendeltreppe gelangten sie nach unten. Vor einer weiteren Tür mit schmiedeeisernen Beschlägen endete sie. Mark hatte seine Taschenlampe eingeschaltet und leuchtete den kleinen, muffig riechenden Vorraum aus. Zwischen dutzenden zerbrochenen Ziegelsteinen lag ein Schlüssel. Mark hob ihn auf und steckte ihn ins Schloss.

Er passte und nachdem er aufgeschlossen hatte, öffnete sich die Tür wie von selbst. Was die beiden dann sahen, ließ sie erschaudern. In der Mitte des halbdunklen Raumes stand ein steinerner Sockel. Darauf lag der Kopf einer alten Frau. Unzählige Zuleitungen führten von dem Kopf zur Wand, wo sie schließlich verschwanden. Die beiden versteckten sich hinter einer breiten Säule. Hinter ihnen fiel die Tür ins Schloss und erzeugte ein klackendes Geräusch. Die beiden hielten den Atem an, doch keiner schien sie bemerkt zu haben. Wie versteinert standen die beiden hinter der Säule und starrten auf den Kopf. Plötzlich wechselte das Licht und im gesamten Raum breitete sich ein magisches grünes Licht aus. Aus den Wänden entstiegen zwei Gestalten. Sie sahen zwar aus wie Menschen, schienen jedoch keine zu sein. Sie hatten keine Beine, schwebten wie Geister durch den Raum. Vor dem Kopf blieben sie stehen. Nach einer kleinen Weile begann sich der Kopf zu bewegen. Und eine monotone Stimme ertönte. Sie war nicht laut aber gut hörbar. „Die Forschungen werden heute abgeschlossen. Für die Rekonstruktion wird noch ein Menschenkörper benötigt. Es muss sofort begonnen werden, denn es wurde soeben eine Person im See erkannt, die sich langsam dem Schloss nähert." Die beiden Gestalten flogen zurück zur Wand und verschwanden alsbald darin. Erneut veränderte sich das Licht, wurde rosarot und der Kopf lag wieder regungslos auf dem merkwürdigen Sockel. Sprachlos starrten Mark und Bernd auf das unfassbare Geschehen. Was meinte der Kopf mit der Rekonstruktion? Wollte er etwa einen neuen Körper? Und wer schwamm da im Wasser? War das überhaupt möglich, in der Salzsäure schwimmen? Die beiden wussten nicht, was sie davon halten sollten. Vorsichtig schlichen sie sich aus dem

Raum und schlossen die Tür hinter sich zu. Nachdenklich setzten sie sich auf die Stufen und schwiegen. Was ging hier vor? Sollten sie die Polizei holen? Sie beschlossen, zunächst mit dem Ballon zum Ufer zurück zu fahren. Auf leisen Sohlen schlichen sie die Wendeltreppe hinauf auf den Turm. Dort kletterten sie in die Gondel, Bernd band den Ballon los und sie stiegen in den dunklen Nachthimmel hinauf. Von oben bemerkten sie eine Person, die im Wasser schwamm. Das konnte doch gar nicht sein. Befand sich dort unten nicht Salzsäure? Seltsam. Plötzlich begann das Wasser zu sprudeln und zu schäumen. Als sich die Wasseroberfläche wieder geglättet hatte, konnten sie den Schwimmer nirgends mehr finden. Vermutlich war er ertrunken. Auf der kleinen Wiese, nahe dem Ufer landeten sie und banden den Ballon an einem Baumstamm fest. Sie waren sich sicher, dass hier furchtbare Dinge vorgingen. Konnte die Salzsäure vielleicht gezielt eingesetzt werden, um unliebsame Besucher fernzuhalten? Welchen Sinn sollte sonst das Ganze haben? Und was hatte es mit dem grausigen Kopf auf dem steinernen Sockel auf sich? Wer waren diese beiden Gestalten, die in der Wand verschwanden? Alles nur Einbildung oder wirklich wahr? Was hatte das alles zu bedeuten? Es begann zu dämmern und die beiden entschlossen sich, doch die Polizei zu benachrichtigen. Mehrere Einsatzwagen der Polizei umstellten den Bergsee. Als das Wasser untersucht wurde, konnte man keinen Hinweis auf irgendeine Säure finden. Beim Sturm des Schlosses wurde ebenfalls nichts Außergewöhnliches gefunden. Auch in dem Kellerraum, in welchem Mark und Bernd den Kopf auf dem Steinsockel liegen sahen, fanden die Einsatzkräfte der Polizei nichts dergleichen vor. Der Raum war leer. Nur am Ufer, dort, wo die beiden mit ihrem Ballon gelandet waren, liefen drei unbekannte Personen, zwei Männer und eine alte Frau. Als die Polizisten die Personen anhielten und sie zum Schloss befragten, stotterten die drei nur herum. Sie konnten nicht festgenommen werden, doch einem der Polizisten fiel ein blutdurchtränkter Verband auf, welcher um den Hals der alten Frau gewickelt war.

Poltergeist

Vor drei Jahren suchte ich eine neue Wohnung. Ich fand sie in einem alten Hause am Rande der Stadt. Nach kurzem Überlegen zog ich dort ein und freute mich bereits darauf, meine neuen Nachbarn kennen zu lernen. Besonders die ältere Dame, welche über mir lebte, fand ich sehr nett. Wir verstanden uns sofort und trafen uns immer, wenn es möglich war. Dennoch hatte ich immer das seltsame Gefühl, dass irgendetwas mit dieser Dame nicht stimmte. Manchmal schien sie mir kühl und unnahbar. Auch ihre Wohnungseinrichtung erschien mir recht spärlich. Außer zwei Schränken, einem Bett und einer winzigen Küche besaß sie nichts. Nicht einmal einen Fernseher hatte sie. Ich fragte sie, warum sie so wenig in ihre Wohnung stellte. Doch sie reagierte mit Schweigen und ich fragte auch nicht weiter. Die Tage vergingen und immer seltener trafen wir uns. Dafür wurde es in den Nachtstunden immer häufiger sehr laut. Wenn ich dann nach oben ging, um nachzufragen, öffnete mir keiner. Ich konnte das nicht verstehen, fragte sie am Tag darauf, was passiert sei, ob sie vielleicht meine Hilfe brauchte. Doch sie schwieg und zog sich schnell wieder in ihre Wohnung zurück. Eines Nachts wollte ich es deswegen genau wissen. Ich blieb bis Mitternacht wach, wurde dann allerdings so müde, dass ich einschlief. Gegen Zwei Uhr wurde ich von einem dumpfen Gepolter über meiner Wohnung geweckt. Eigentlich war mir nicht so recht wohl bei dem Gedanken, nach oben zu gehen. Doch ich wollte zuerst hören, was dort vor sich ging. Vorsichtig schlich ich mich durch das dunkle Treppenhaus nach oben bis vor ihre Wohnungstür. Dort war das Gerumpel sehr deutlich zu hören. Ich versuchte, Stimmen oder vielleicht sogar ein Gespräch aufzuschnappen. Doch außer dem Gerumpel konnte ich nichts hören. Ich wusste nicht so recht, was ich nun tun sollte. Da ich mir wirklich nicht sicher war, wartete ich eine ganze Weile ab. Plötzlich verstummte das Poltern und jemand klapperte an der Tür. Schnell lief ich die Treppe nach unten und lauerte auf die vermeintliche Person, die eventuell gerade die Wohnung verließ. Ich sah, wie sich die Tür einen winzigen Spalt öffnete. Schließlich fiel sie klackend wieder zu und Schritte näherten sich. In Windeseile lief ich in meine Wohnung und beobachtete das Treppenhaus durch meinen Spion. Die Person hatte das Hauslicht eingeschaltet, doch ich konnte sie nicht sehen, zumindest glaubte ich das. Denn die Schritte hörte ich ganz deutlich. Sie kamen an meiner Wohnungstür vorbei und entfernten sich schnell in Richtung Ausgang. Ich konnte mir keinen Reim auf dieses merkwürdige Treiben machen. Entweder war ich schon so müde, dass ich Gespenster hörte oder dieser Jemand war so schnell an meiner Tür vorbeigerannt, dass ich ihn nicht sehen konnte. Als das Hauslicht verloschen war und Ruhe im Hause eintrat, ging ich erneut zur Wohnung der alten Dame. Doch diesmal war es totenstill. Keine Geräusche, kein Gepolter, nichts. Nachdenklich lehnte ich mich gegen die Wand und wartete noch einmal. Aber es tat sich nichts mehr. Die Neugierde brachte mich fast um und ich klingelte. Ich wollte fragen, ob sie vielleicht Hilfe brauchte. Doch es war so wie in den vorangegangenen Nächten, es öffnete niemand. Noch einmal versuchte ich mein Glück, ohne Erfolg. Ich ging zurück in meine Wohnung und horchte von dort noch eine Weile. Aber auch da konnte ich nichts mehr hören, es blieb ruhig. Am nächsten Morgen nahm ich mir vor, so lange zu warten, bis die alte

Dame die Treppen hinunterstieg. Ich wollte sie abfangen und sie nach dem Gepolter in den vorangegangenen Nächten befragen. Aber sie kam nicht. Noch ein letztes Mal wollte ich nach oben gehen, um zu klingeln. Als ich vor ihrer Wohnungstür stand, wunderte ich mich sehr. Die Tür war angelehnt, und von drinnen hörte ich ein leises Klappern. Ich rief ihren Namen, doch es antwortete keiner. Ob ihr vielleicht doch etwas zugestoßen war? Besorgt betrat ich die Wohnung. Doch was war das, in der Wohnung stand nichts mehr. Die wenigen Möbel, selbst die kleine Küche, alles war verschwunden. Das Klappern drang aus einem Fenster, dass der Wind wohl aufgestoßen haben musste. Er bewegte die Fensterflügel hin und her. In der gesamten Wohnung sah es so aus, als lebte hier schon seit langer Zeit keiner mehr. Überall in den Räumen lagen Papierreste herum und die Tapete hatte sich von den Wänden gelöst. Ich wusste nicht, wie ich das deuten sollte. Sollte die alte Dame allen Ernstes in der letzten Nacht umgezogen sein? Aber hätte ich in diesem Falle nicht irgendetwas bemerkt? Irritiert ging ich in meine Wohnung zurück. Ich musste dringend zur Hausverwaltung, um nachzufragen, was mit der alten Dame geschehen war. Bei der Hausverwaltung zeigte man sich sehr überrascht. Der Verwalter meinte dann: „Sie können diese Dame gar nicht gesehen haben. Sie verstarb vor drei Jahren und die Wohnung steht seitdem leer." Mir war nicht wohl, als ich verwirrt nach Hause zurückkehrte. Sollte ich mich wirklich so getäuscht haben? Aber ich hatte mich doch mit der alten Dame unterhalten. Ich wusste es ganz genau! Noch einmal ging ich in die Wohnung der alten Dame. Auf dem Fußboden entdeckte ich ein Buch. Ich hob es auf und las: „Der Poltergeist". Als ich das Buch aufschlug, entdeckte ich eine Zeichnung.

Offenbar hatte sich der Autor so einen Poltergeist vorgestellt, dennoch erschrak ich. Das Bildnis des Poltergeistes glich ziemlich genau der alten Dame, die einst hier gewohnt hatte.

Rote Lichter

Leonie Dunbar studierte an der legendären Oxford University in England. Sie wollte Physikerin werden und ihre Zukunftspläne schienen bereits fix und fertig. In ihrem Studentenwohnheim, wo sie ein winziges Zimmer bewohnte, fühlte sie sich eigentlich sehr wohl. Es war zwar nicht sonderlich gemütlich, dafür aber hatte sie aber einen alten Kühlschrank, eine Heizung und ein Bett. Mehr brauchte sie ja auch nicht. Und den Rest ihrer Zeit musste sie ohnehin mit Lernen verbringen. Nur eines störte sie sehr, die beiden rot leuchtenden Lampen an diesem alten Kühlschrank. Die konnte sie sogar noch von ihrem Bett aus sehen. Irgendwie flößten ihr die roten Lampen Angst ein. Doch es waren ja nur Kontrolllämpchen, die anzeigten, dass der Kühlschrank funktionierte und die Kühlung die richtige Temperatur hatte. Wie also konnte sie vor diesen Lämpchen Angst haben. An jenem denkwürdigen Freitagabend kehrte sie erst spät in ihr Zimmer zurück. Sie hatte sich etwas Leckeres zu essen besorgt und wollte es sich zubereiten. Es gab ausnahmsweise mal nicht Makkaroni mit Ketchup, sondern ein gebratenes saftiges Steak mit Nudeln. Es schmeckte einzigartig gut, nur fühlte sich Leonie ein wenig voll. Da sie sehr müde war, zog sie sich alsbald in ihr Bett zurück. Aber sie konnte einfach nicht einschlafen. Der Magen drückte und ihr wurde übel. So stand sie wieder auf und geisterte durch das Zimmer. Und immer wieder sah sie es, das Licht des Kühlschranks. Die beiden roten Lämpchen glühten wie die roten Augen des Teufels. Leonie wurde immer ängstlicher und zog sich schließlich wieder an, um das Wohnheim zu verlassen. Es war jedoch nicht ungefährlich, nachts über den Campus zu laufen.

Schon einige junge Mädchen waren überfallen und übel zugerichtet worden. Dieses Schicksal wollte sie unter keinen Umständen erleiden. Auch war es recht kalt geworden, so dass sie fröstelnd durch das Universitätsgelände lief. Sie kam an dicht stehenden Bäumen vorbei und beäugte argwöhnisch die dahinter befindliche Wiese. Hatte sie da nicht eben ein verdächtiges Geräusch gehört? Nervös lief sie weiter, ihr Wohnheim war ja nicht weit, bei Tageslicht könnte sie schon das Fenster ihres Zimmers sehen. Immer schneller lief sie in Richtung Wohnheim. Doch auch das merkwürdige Geräusch am Wegesrand schien sie zu begleiten. Sie spürte, wie ihr die Angst die Beine zu lähmen versuchte. Ihr Herz schlug Purzelbäume und ihre Hände zitterten wie Espenlaub. Schnell vergrub sie die in ihrer Jackentasche. Plötzlich stolperte sie über einen spitzen Stein. Es tat sehr weh, und sie wollte sich mit den Händen an einem der Bäume festhalten. Dazu zog sie in Windeseile ihre Hände aus den Jackentaschen. Doch dabei fiel ihr unglücklicherweise der Schlüsselbund mit dem Wohnheimschlüssel aus der Tasche. Klirrend fiel er zu Boden. Sie bückte sich, um ihn zu suchen. Doch er schien wie vom Erdboden verschluckt. Als sie mit den Händen auf dem Weg herumtastete, um den Schlüssel doch noch zu finden, griff sie plötzlich an etwas Ledernes. Zu Tode erschrocken sprang sie auf und starrte in das düstere Gesicht eines Mannes. Sie wollte davonrennen, aber wohin? Sie hatte ja nicht einmal den Schlüssel für ihr Wohnheim dabei. Der Fremde hielt etwas in seiner Hand. „Na, suchst Du das hier", rief er mit dumpfer Stimme. Dabei klapperte er mit irgendetwas. Und entsetzt musste Leonie zur Kenntnis nehmen, dass es ihr verlorener Schlüsselbund war. Nun schien alles verloren. Der Fremde lachte unangenehm schrill und

Leonie glaubte sich schon erwürgt am Wegesrand liegen. Sie flehte den Fremden an, ihr den Schlüssel zurück zu geben. Doch der ließ sich gar nicht auf Leonies Bitten ein. Er grinste nur und sagte dann: „Dafür will ich aber auch etwas haben, Schätzchen, Du bist so jung und so schön. Den Schlüssel kriegst Du nur zurück, wenn Du mir ein paar nette Minuten schenkst." Dabei begann er, seine Hose zu aufzuknöpfen. Immer weiter näherte er sich der vollkommen erschrockenen Leonie. Die stand wie gelähmt inmitten des dunklen Weges und konnte nicht fassen, was ihr da widerfuhr. Und warum kam keiner vorbei? Manchmal waren so viele Leute um sie herum und nun? Alles schien verloren und sie spürte, wie ihr Mund langsam austrocknete. Die Angst hatte sie fest im Griff und ließ sie nicht mehr los!

Doch plötzlich geschah etwas, das Leonie wohl niemals mehr vergessen würde. Aus einem Fenster ihres Wohnheimes, von dem sie ahnte, dass es ihres war, fuhren zwei grell leuchtende, rote Lichtstrahlen auf den Weg herab. Sie formten sich zu zwei drohenden roten Augen, und zugleich ertönte ein grässliches Brummen und Fauchen. Es hörte sich an, als sei der Teufel erschienen. Zunächst wollte sich Leonie in Sicherheit bringen, wollte davonrennen. Aber dann sah sie, dass es die roten Augen nicht auf sie abgesehen hatten. Nein, es bäumte sie vor dem fremden Mann auf, schrie ihn an und drohte, ihn in sich verschlingen. Dabei blitzten sie derart heftig auf, dass der Fremde schreiend und mit offener Hose davonrannte. Gleichzeitig flog der Schlüsselbund durch die Luft und blieb vor Leonie liegen. Sie brauchte ihn nur noch aufzuheben. Als sie das getan hatte, zog sich das rote Licht zum Fenster des Wohnheims zurück. Leonie rannte wie von Hexen verfolgt ins Wohnheim und schloss sich in ihrem Zimmer ein. Dort wurde ihr klar, dass sie noch einmal mit heiler Haut davongekommen war. Und sie wusste, dass sie ganz bestimmt nicht noch einmal bei Nacht und Nebel ganz allein über den Campus laufen würde. Sie nahm sich vor, eine Kampfsportart zu erlernen, damit sie sich im Falle eines Falles wehren konnte. Als sie sich auf ihr Bett setzte, um den Schreck zu verarbeiten, erblickte sie die beiden roten Lichter an ihrem Kühlschrank. Die blinkten auf einmal ganz seltsam vor sich hin und Leonie wusste plötzlich, wer ihr da geholfen hatte.

Sturmflut

Johnny Rosen hatte sich ein wunderschönes Haus am Strand von Pipers Beach gekauft. Von dort hatte er einen wunderbaren Blick über die Bucht, denn das Haus stand auf einem Felsen. Unterhalb des Felsen prallte die Brandung schäumend gegen die Steilküste. Was für ein Ausblick, genauso hatte er sich sein Leben vorgestellt. Leben wie im Urlaub. Und täglich war am Strand unterwegs, um sich dem rauen Wind und dem wilden Meer hinzugeben. Manchmal war das Wetter sehr schlecht, so das im Haus bleiben musste. Besonders bei Sturm lohnt es nicht, draußen herum zu laufen. Dann flogen schon einmal Baumstämme und andere größere Gegenstände durch die Luft. Es war im Herbst 2004. Johnny kam von einer Segeltour mit Freunden zurück. Schon draußen auf dem Wasser hatten sie bemerkt, dass ein Sturm aufzog. Nur mit großer Mühe war es ihnen schließlich doch noch gelungen, das Boot zu wenden und zurückzukehren. Allerdings preschten immer höhere Wellen gegen die Felsen unterhalb von Johnnys Haus. So gefährlich war es wohl noch nie. Johnny zog sich in sein Haus zurück. Er wollte es sich auf seinem Sofa bequem machen und hatte sich ein spannendes Buch aus dem Regal genommen. Da geschahen plötzlich merkwürdige Dinge. Das Licht flackerte und schließlich fiel der Strom gänzlich aus. Johnny nahm seine Taschenlampe, ging zum Sicherungskasten und schaute nach. Die Sicherungen jedoch waren unbeschädigt und nichts deutete auf einen Schaden hin. So holte er eine Kerze und setzte sich wieder auf sein Sofa. Im düsteren Licht des Kerzenscheins las er einfach weiter. Plötzlich aber fuhr eine Windbö durch den Raum und blies die Kerze aus. Johnny begriff nicht, was da geschah. Denn er hatte alle Fenster geschlossen und es stand auch keine Tür offen. Obwohl er das wusste, schaute er noch einmal nach. Vielleicht hatte er ja doch irgendwo in seinem Haus etwas übersehen. Doch es war so, wie er es sich bereits dachte, alle Fenster und Türen waren verschlossen. Johnny wusste nicht, was er tun sollte und zündete die Kerze einfach wieder an. An der spannendsten Stelle seines Krimis fuhr erneut eine heftige Windbö durchs Haus. Das Licht der Kerze verlosch und ein Bild, welches die malerische Bucht mit seinem Haus darauf zeigte, fiel von der Wand. Johnny erschrak und konnte sich einfach nicht erklären, was in seinem Hause da vor sich ging. Wieder ging er durchs Haus und schaute in jedem noch so kleinen Ritz nach, ob da vielleicht der Sturm hindurch pusten konnte. Nirgends aber fand er eine solche Stelle. Nur der immer heftiger werdende Orkan knallte mit unverminderter Härte gegen die Fenster des Hauses. Johnny kam das alles sehr komisch vor, und er hatte auch große Bedenken, ob die Fenster dem Druck des Sturmes standhalten könnten. Sollte er etwas unternehmen, um die Fenster besser abzudichten? Sollte er etwas vor die Fenster schieben oder Leisten über die Fenster nageln, damit sie nicht mehr ausprangen? Vielleicht hätte er ja im Vorfeld bereits Fensterläden anbringen sollen, die er jetzt schließen konnte. Von fern hörte er das Rauschen der heftigen Brandung. Es musste ein Höllensturm sein. So einen heftigen Orkan hatte er an dieser Steilküste noch nie zuvor erlebt. So grauenvoll musste sich der Weltuntergang anhören.

Immer wieder lief er sorgenvoll durchs Haus und kontrollierte ständig die Fenster und Türen.

Vielleicht sollte er wenigstens eine Tür offenhalten, um den Druck gegen das Haus abzumindern? Aber vielleicht war auch das umsonst. Gerade wollte er in seine Küche gehen, um sich einen Kaffee zu zubereiten, da krachte plötzlich die offenstehende Küchentür wieder zu. Irgendetwas fuhr in die Regale, wo er Tassen und Teller aufbewahrte. Scheppernd und krachend fiel all das zu Boden. Erschrocken wich Johnny zurück- was ging hier nur vor?

Er wollte ins Wohnzimmer, um nachzuschauen, ob die vermeintliche Windbö dort ebenfalls gewütet hatte. Doch die Tür zum Wohnzimmer ließ sich nicht öffnen. Nur die Haustür wurde plötzlich wie von Geisterhand aufgerissen. Wie konnte das möglich sein? War der Sturm so heftig, dass er sogar die verriegelte Haustür aufstoßen konnte? Warum aber waren dann nicht auch die Fenster aufgesprungen? Ihm wurde die Sache zu gefährlich. Hastig zog er sich seine Jacke über, nahm die Schlüssel seines Jeeps an sich und verließ das Haus durch den Kellerausgang. Dort blies der Sturm nicht gar so heftig und konnte relativ sicher bis zum Auto laufen. Allerdings konnte sich auch der Wagen kaum gegen die unglaublich starken Windböen wehren. Immer wieder wurde er von der Straße gedrückt. Unter den Bäumen, die noch standhielten, hielt er schließlich den Wagen an. Doch was er dann erlebte, konnte er einfach nicht fassen. Die Brandung unterhalb des Felsens, auf welchem sich sein Haus befand, schlug derart heftig gegen die Felsen, dass diese nicht mehr standhalten konnten. Tosend und splitternd krachte ein riesiges Stück des Felsens ab. Es war das Stück, worauf sein Haus stand. Zunächst neigte sich der Fels ein wenig zur Seite. Die nächste Welle aber nahm den Felsen und das Haus darauf mit sich. Augenblicklich verschlang die tosende Brandung das gesamte Anwesen. Zu Tode erschrocken starrte Johnny auf das grausige Szenario. In

Sekundenschnelle waren sein Haus und der ganze Fels in den Fluten versunken. Wäre er nur eine Minute länger im Haus geblieben- er wäre darin umgekommen, denn aus der wilden peitschenden Brandung gab es keine Rettung mehr. Als sich der Orkan legte, fuhr Johnny noch einmal die wenigen Meter zurück zum Rest des Felsens, der noch stand. Von dort schaute er in die Tiefe. Noch immer tobte die Brandung und schlug mit unverrichteter Kraft gegen die Felsen. Dort unten irgendwo lagen also nun seine Sachen. Und alles war hinüber, alles war verloren. Dennoch war er froh, dass er dieses Unglück so schadlos überlebte. Plötzlich stand ein alter Mann neben ihm auf dem Felsen. Johnny erschrak, wo war der fremde Mann so plötzlich hergekommen? Er hatte ihn doch gar nicht bemerkt. Der Fremde sprach: „Na, da haben Sie ja noch einmal Glück gehabt, was?" Johnny nickte und konnte sich das seltsame Verhalten des Alten nicht erklären. Machte der sich nur lustig über ihn oder hatte er ebenfalls mit Mühe und Not diesen verheerenden Sturm überlebt? Der Alte lachte und meinte dann: „Ist schon schlimm, wenn man alles verliert, ich kenne das. Ging mir vor vielen Jahren ebenso. Aber machen Sie sich nichts draus. Es geht immer weiter. Hier nehmen sie das Bild, es ist sehr wertvoll. Ich hab´s damals retten können. Aber nun brauche ich es ja nicht mehr, ich schenke es Ihnen! Es soll Ihnen Glück bringen. Aber jetzt muss ich gehen. Also, viel Glück!" Johnny nahm das zusammengerollte Bild an sich und wollte sich bei dem Alten bedanken. Doch als er aufschaute war der Alte nicht mehr da. Johnny schaute sich nach allen Seiten um. Doch er stand ganz allein auf dem Felsen. Wer war das nur? Und wohin war er gegangen? Johnny fuhr ins etwas weiter entfernte Dorf und wurde sofort sorgenvoll in

Empfang genommen. Der Wirt sagte aufgeregt: „Wir haben uns schon Sorgen um Sie gemacht. Gerade wollten wir aufbrechen, um nach Ihnen zu sehen. Glücklicherweise ist Ihnen nichts passiert." Als Johnny von dem schweren Unglück mit seinem Hause erzählte, waren alle sehr betroffen. Der Wirt bot ihm sofort ein Zimmer in seiner kleinen Pension an und Johnny nahm dankend an. Er war sehr glücklich, dass man ihm in dieser schweren Stunde half. Bis er ein neues Domizil gefunden hatte, konnte er in der Pension kostenlos wohnen.

Doch seine anfängliche Freude wich sehr bald schon tiefer Verzweiflung, denn woher sollte er das Geld für eine neue Unterkunft nehmen. Sein Haus auf den Felsen hatte all seine Ersparnisse verschlungen. Und auf der Bank hatte er gerade mal noch so viel Geld, um nicht verhungern zu müssen. Niedergeschlagen saß er am Fenster seines Pensionszimmers und starrte auf den Weg vorm Haus. Da fiel ihm plötzlich das Bild ein, welches er von dem Fremden geschenkt bekam. Es stand noch immer zusammengerollt in der Ecke neben dem Garderobenständer. Schnell holte er es hervor und rollte es auf. Aus dem Inneren der Rolle rutschte eine kleine Schatulle und fiel polternd auf die hölzernen Dielen. Johnny hob sie auf und stellte sie auf den Tisch. Mit großem Erstaunen betrachtete er sich dann das seltsame Bild. Es zeigte die Bucht und den Felsen, wo einst sein Haus stand. Doch auf dem Felsen stand ein völlig fremdes Haus, welches er nicht kannte. Irritiert nahm er die Schatulle und öffnete sie. Darin befand sich eine wertvolle goldene, mit Diamanten besetzte Uhr. Und Johnny verstand nicht, wieso der alte Mann ihm all das geschenkt hatte. Er bewahrte die Schatulle zunächst auf und sprach nicht darüber. Stattdessen nahm er das Bild und ging damit zum Pensionswirt. Er wollte ihn fragen, ob er das Haus kannte. Und er wollte es rahmen lassen, denn es gefiel ihm sehr. Lange betrachtete sich der Wirt das wunderschöne Bild. Dann meinte er traurig: „Ja, das Haus kenne ich noch. Es stand vor vielen Jahren an der gleichen Stelle, wo auch später ihr Haus errichtet wurde. Damals gab es eine ähnliche Sturmflut wie neulich. Der alte Louis Frazer kam dabei ums Leben. Er wurde von den Wassermassen mitsamt Haus in die Tiefe gespült. Woher haben Sie dieses Bild?" Johnny schwieg, meinte nur, dass er es in der Nähe seines Hauses gefunden hätte. Nachdem ihm der Wirt noch einiges über die alten Zeiten erzählt hatte, zog sich Johnny nachdenklich auf sein Zimmer zurück. Wie kam der alte Mann, den er auf dem Felsen getroffen hatte, zu diesem Bild? Da er aber das Bild geschenkt bekam, ließ er es schließlich rahmen und stellte es erstmal neben sein Bett. Jeden Tag betrachtete er sich lange dieses schöne Bild. Und er hatte plötzlich das Gefühl, mehr über diesen damals ums Leben gekommenen Louis Frazer erfahren zu wollen. Und da er ja auch diese kostbare Uhr geschenkt bekam, fuhr er in die Stadt, um sie zu verkaufen. Er staunte, welchen Preis er dafür erhielt. Davon könnte er sich ein kleines neues Häuschen leisten. Später bat er den Wirt, ihm doch noch einiges über den alten Louis Frazer zu erzählen. Der Wirt holte ein kleines altes Fotoalbum aus einem Hinterzimmer und setzte sich zu Johnny an den Tisch. Dann berichtete er ihm, dass Frazer einst Uhrmacher von Beruf war. Doch er reparierte nicht einfach so Uhren, nein, er stellte einzigartige Kunstwerke her, Uhren mit Diamanten und kostbaren Edelsteinen besetzt. Johnny konnte nicht glauben, was er da hörte. Und als ihm der Wirt dann ein altes Foto von Louis Frazer zeigte, wurde es ihm schlagartig klar! Dieser alte Mann auf dem Foto, Louis Frazer, war jener alte Mann, von dem er damals das Bild und die kostbare Uhr geschenkt bekam.

Das Haus in den Felsen

Sandra hatte endlich Urlaub. Und den wollte sie so richtig genießen. Aus diesem Grund hatte sie sich eine Hütte tief in den Bergen der Rocky Mountains bei „Harpers Point" gemietet. Schon der Prospekt glänzte nur so von Erholung und Frieden. Sandra wusste, dass sie sich in genau diesem kleinen Häuschen besonders gut erholen würde. Die Fahrt hingegen dauerte ewig und Sandra glaubte schon, niemals in ihrem Domizil anzukommen. Irgendwann jedoch sah sie in der Ferne die Gipfel des gewaltigen Felsmassivs, in welchem sie schon in wenigen Stunden ihren lang ersehnten Urlaub genießen würde. Eine schmale Bergstraße schlängelte sich schier endlos zwischen den massiven Kiefernwäldern hindurch. Immer wieder hielt Sandra ihren Wagen an, um sich zu orientieren. War sie hier wirklich richtig? Ein altes verwittertes Holzschild, welches an einen Baumstamm genagelt war, wies immer geradeaus. Kein Zweifel, hier ging es lang, hier war sie richtig! Nach einer weiteren Stunde hatte sie endlich ihr Ziel erreicht. Das alte Holzhaus stand eingerahmt von zwei riesigen Bergen, von Tannen und Kiefern eingeschlossen vor ihr. Das also war „Harpers Point" – es war einfach wunderschön! Seltsam erschien ihr lediglich, dass das Haus irgendwie anders aussah als das aus dem Prospekt. Es erschien ihr älter und recht windschief. Dennoch wurde sie von einer alten Dame, die ihr schon entgegenkam, herzlich empfangen. „Hallo", rief die Alte schon von weitem, „ich bin Mrs. Johns! Hatten Sie eine gute Fahrt?" Sandra wunderte sich sehr über den merkwürdigen Aufzug der alten Dame. Ihre Kleider schienen zerlumpt und auch ihr Gesicht war fahl und zeigte leichte Schrammen. Schnell erkundigte sich Sandra, ob es ihrer Gastgeberin auch wirklich gut ging. Die vermeintliche Mrs. Johns zögerte einen Moment und meinte dann kurz, dass es ihr nie besser gegangen sei. Und weil Sandra viel von ihrer Reise zu erzählen hatte, vergaß sie schließlich, weitere dumme Fragen zu stellen. Mrs. Johns sagte, dass sie drei Meilen hinterm Wald wohnen würde und jederzeit vorbeikommen könnte, wenn es Sandra wollte. Dann verabschiedete sie sich unerwartet schnell und verschwand. Sandra schaute sich um. Wie schön es hier doch war. Dieses Blockhaus war genau das richtige für einen erholsamen Erholungsurlaub. Im Inneren des Hauses roch es nach trockenem Holz und nach abgebrannten Kerzen. Eine Steckdose und elektrisches Licht schien es nicht zu geben. Sonderbar, denn eigentlich stand im Prospekt, dass das Haus ans elektrische Stromnetz angeschlossen sei. Warum hatte sie Mrs. Johns nicht danach gefragt. Als die jedoch die entzückende kleine Zinkbadewanne erblickte, vergaß sie all diese Dinge und verspürte plötzlich einen unbändigen Drang, ein heißes Kräuterbad zu nehmen. Draußen dämmerte es bereits und der laue Abendwind bewegte sanft die Äste der Bäume. Ein seltsames Rauschen breitete sich geheimnisvoll im Inneren des Hauses aus. Sandra bemerkte es zwar, wollte sich allerdings nicht beim Baden stören lassen. Die gusseisernen, sehr antik anmutenden Armaturen der Wanne quietschten, als Sandra sie betätigte. Und die alten Glasflaschen, in welchen die Kräuteressenzen aufbewahrt wurden, schienen ebenfalls schon bessere Tage erlebt zu haben. Sie waren beschmiert und zeigten Risse. Dennoch ließ sich Sandra auch davon nicht stören. Genussvoll ließ sie sich in das heiße Wasser sinken und spielte wie ein Kind mit den aufgetürmten Schaumbergen um sich herum. Ach, wie herrlich das doch war. Davon hatte sie immer schon geträumt. Ein richtiger Urlaub in den Bergen, wundervoll. Wie sie so schwelgte, konnte sie nicht bemerken, wie ihr Handy ganz langsam das Funknetz verlor und es draußen zu schneien begann. Immer dichter fielen die Flocken und der Wind verstärkte sich, verwandelte sich urplötzlich in einen starken Sturm. Eine halbe Stunde später fegte ein heftiger Blizzard um die alte Holzhütte und erzeugte dabei ein beängstigendes Pfeifen. Sandra tauchte zwischen ihrem Schaum hervor und lauschte. Zunächst glaubte sie noch, dass dieses sonderbare Geräusch genau so schön sei wie der gesamte Urlaub. Doch als das Pfeifen schließlich immer lauter wurde, wurde sie ängstlich und stieg irritiert aus der Wanne. Schnell hatte sie sich abgetrocknet und stand Sekunden später vorm Fenster. Sie konnte nichts mehr sehen, so dicht jagten die Schneeflocken an der Scheibe vorüber. Sollte sie Mrs. Johns anrufen? Als sie die Telefonnummer, die im Prospekt angegeben war, wählen wollte, bemerkte sie, dass ihr Handy gar kein Netz hatte. Sie fand das zwar recht merkwürdig. Aber hier draußen in den Bergen, da konnte das schon vorkommen, dachte sie. Doch plötzlich erschrak sie – waren da nicht Stimmen? Zunächst ignorierte sie sie, meinte, es sei der Blizzard, der ums Haus fegte. Doch dann kamen sie wieder. Sie hörten sich beinahe so an, als würde jemand um Hilfe rufen, was ging hier nur vor? Durchs Fenster konnte sie niemanden erkennen. Und als sie die Tür einen winzigen Spalt öffnete, um nach den Stimmen zu hören, verstummten sie wieder. Der Sturm knallte wie eine Walze gegen die Tür und Sandra hatte große Mühe, die Tür wieder zu schließen. Eigentlich wollte sie sich gemütlich in den kleinen Sessel vorm Kamin setzen, doch ihre Ruhe und ihr Frieden schienen für immer dahin. Woher nur waren diese Stimmen gekommen und warum meldete sich Mrs. Johns nicht bei ihr. Immerhin nahm der Blizzard an Heftigkeit zu. In ihrem Magen begann es zu rumoren und tief in ihrem Inneren verspürte sie ein stechendes Gefühl: Angst! Mittlerweile war es so dunkel geworden, dass sie die Kerzen auf dem kleinen runden Holztisch in der Mitte des Raumes entzündete. Wenigstens konnte sie in der bedrohlichen Dunkelheit wieder etwas sehen. Als sie sich umdrehte, traf sie beinahe der Schlag! Hinter ihr stand Mrs. Johns! Wie war sie nur so unbemerkt hier hereingekommen, und wie war sie bei diesem Wetter überhaupt zu ihr gelangt? War ihr Haus nicht drei Meilen von hier entfernt? Mrs. Johns zog ein wahrhaft ernstes Gesicht und raunte mit dunkler Stimme: „Komm mein Mädel, komm jetzt mit mir. Wir können nicht mehr bleiben." Sandra verstand nicht, was die Alte da meinte. Wieso sollte sie mit ihr kommen? Bei diesem Wetter jagte man doch keinen Hund vor die Tür. Dennoch ließ Mrs. Johns nicht locker. Eilig packte sie ein paar Sachen zusammen und drängte Sandra, mit ihr zu gehen. Die junge Frau wusste zwar überhaupt nicht, was sie davon halten sollte, tat aber, wie ihr Mrs. Johns geheißen hatte. Hastig warfen sich die beiden Frauen ihre Jacken über, schnappten die Reisetaschen und verließen das Holzhaus. Kaum waren sie im mehr oder weniger schützenden Wald verschwunden, donnerte auch schon eine mächtige Gerölllawine aus den Bergen hinter ihnen ins Tal hinab. Und dort, wo eben noch das Haus stand, war nichts mehr. Sandra verschlug es vor Schreck die Sprache, doch Mrs. Johns zerrte sie am Ärmel, was wohl bedeuten sollte, dass sie sich sputen müssten. Nach einer gefühlten Ewigkeit erreichten sie schließlich eine tiefergelegene Stelle und es wurde langsam wieder ruhiger. Der Sturm ließ nach und die beiden Frauen fielen sich erleichtert in die Arme. Als Sandra jedoch nach dem Haus und nach ihrem Wagen fragte, schaute Mrs. Johns wieder so merkwürdig. Es sah beinahe so aus, als ob sie nie etwas davon gehört habe. Und dann ergriff Mrs. Johns schweigend Sandras Hand, und die beiden Frauen verschwanden zwischen den noch immer umherwirbelnden Flocken des Blizzards, der sich eigentlich längst verzogen hatte.

Als Mr. Shepard am darauffolgenden Morgen seine Tochter Sandra anrufen wollte, um sich zu erkundigen, ob sie gut in „Harpers Point" angekommen sei, ging niemand ans Telefon. Mehrmals schaute der betagte Mann, ob er sich auch nicht verwählt hatte, doch die Nummer war richtig. Nur seine Tochter Sandra meldete sich nicht. Auch nach vier geschlagenen Stunden ging niemand ans Telefon. Irgendwann rief der besorgte Vater schließlich die Polizei.

Als die Beamten und der vollkommen aufgelöste Mr. Shepard Stunden später schließlich in den Bergen eintrafen, fanden sie das Ferienhaus bei „Harpers Point" unbeschadet und wie im Tiefschlaf träumend zwischen den Felsen und dem säuselnden Nadelwald vor. Auch Sandras Wagen stand noch dort, wo sie ihn am Vortag abgestellt hatte. Nur von ihr fehlte jede Spur. Plötzlich entdeckte Mr. Shepard ein merkwürdiges Bild, welches im Inneren des Hauses hing. Es zeigte ein altes Blockhaus, welches gespenstisch und unheimlich zwischen den Felsen ruhte. Als Shepard wissen wollte, ob jemand dieses Haus kennen würde, wurden die Beamten sehr still. Dann meinte einer der Polizisten mit gesenkter Stimme: „Das ist das Haus der alten Mrs. Johns. Die lebte vor über hundert Jahren hier auf -Harpers Point-" Eines Tages wurde die windschiefe Blockhütte von einer Geröilllawine mitgerissen und sie und ihre Tochter Silva kamen dabei ums Leben. Seitdem, sagt man, soll ihr Geist hier umherspuken und nach Silva suchen. Und während der Beamte sprach, bemerkte Mr. Shepard eine alte Frau, die neugierig durchs Fenster schaute und sich plötzlich in Luft auflöste. Der vollkommen aufgelöste Shepard war sich plötzlich sogar sicher, neben der Alten seine geliebte Tochter Sandra gesehen zu haben. Und als man Shepard das Bild von Mrs. Johns Tochter Silva zeigte, traf den alten Mann beinahe der Schlag. Denn die damals tödlich verunglückte Tochter der umherspukenden Mrs. Johns sah seiner Tochter Sandra wie aus dem Gesicht geschnitten ähnlich!

Am Weiher

Der 14jährige Craig spielte gern am Computer. Je ausgefeilter die Spiele waren, desto wohler fühlte er sich. Er musste unbedingt die neuesten Spiele besitzen und trieb sich deswegen immer wieder auf diversen Messen und bei einschlägigen Treffen herum. Doch sein Taschengeld reichte nicht mehr aus und die Eltern wollten ihm nicht mehr geben. Und die Spiele waren nicht gerade billig. So kam es, dass er sich das Geld für seine Leidenschaft abends im Park zusammen stahl. Er lauerte Leuten auf, die gerade von der Arbeit kamen, um ihnen das hart erarbeitete Geld abzunehmen. Selbst vor älteren Leuten machte er nicht Halt. Bisher ging diese Masche immer gut und Craig konnte sich an den darauffolgenden Tagen die neuesten Spiele besorgen. Und noch etwas, das beinahe noch viel schlimmer war als seine Spielsucht war die Tatsache, dass in den Spielen die Gewalt und der Terror an der Tagesordnung waren. Je mehr Tote es gab, umso toller fand er das Spiel. Seine Eltern, die das stets versucht hatten zu unterbinden, wurden einfach nicht mehr fertig mit Craig. Sie probierten wahrlich alles, was man sich nur vorstellen konnte, um ihn auf andere Gedanken zu bringen. Doch Craig ließ sich einfach nicht mehr abbringen von diesem verrückten Treiben. Irgendwann war er so aufgeputscht, dass ihm das Geld, welches er abends im Park stahl, auch schon nicht mehr ausreichte. Außerdem versorgte er sich heimlich mit Drogen und sein Leben schien vorbei, bevor es richtig begann. Sein Vater hatte ihm bereits angedroht, ihn vor die Tür zu setzen, wenn er sein Leben nicht änderte. Nur die Mutter konnte das nicht übers Herz bringen. Sie liebte ihren Sohn über alles und bevor ihn der Vater rauswarf, wollte sie für ihn beten. Jeden Abend, bevor sie ins Bett ging, flehte sie um Hilfe, Craig doch endlich wieder auf den rechten Weg zu bringen. Doch es schien wie verhext. Das Böse in Craig schien die Oberhand zu gewinnen und ihn nicht mehr loslassen zu wollen. Er trieb sich nun schon die ganze Nacht in den Parkanlagen herum, kiffte und stahl. Irgendwann wurde er von der Polizei aufgegriffen und eingesperrt. Die Mutter schaffte es, ihn dort herauszuholen, doch der Officer meinte, dass das nicht ewig so weiter gehen könnte. Irgendwann würde Craig wohl vor einem Staatsanwalt enden. Und seine schlimme Karriere würde er dann im Knast weiterführen dürfen. An einem regnerischen Samstagabend war mal wieder das Geld alle und Craig musste in den Park, um sein verbrecherisches Werk zu vollbringen, andere Leute zu beklauen. Diesmal jedoch war irgendetwas anders – aus irgendeinem Grund war die Straße, die zum Park führte, gesperrt. Craig konnte weder eine Baustelle noch eine andere Ursache für diese Sperrung entdecken. So blieb nur noch der Umweg durch ein naheliegendes Wäldchen, um in den Park zu gelangen. Doch es half nichts, wenn er an neue Drogen herankommen wollte, brauchte er dringend das nötige Kleingeld. So lief er los. Besorgt schaute ihm die Mutter durch die verregneten Fensterscheiben nach. Tränen liefen ihr übers Gesicht und sie hatte bereits die schlimmsten Befürchtungen. Sie sah ihren Sohn, den sie doch so sehr liebte, schon in einer Gefängniszelle dahinvegetieren. Aber sie wusste, dass es nichts half, Craig alles zu verbieten. Er würde es dennoch tun. Und dann hätte sie ihn vielleicht für immer verloren. Sie zog die Gardine zu und legte sich nachdenklich ins Bett. Vater schlief schon und sie wusste, sie konnte ihn nicht mit diesen Dingen behelligen. Er war nicht so geduldig und würde seine Drohung wahrmachen und Craig vor die Tür setzen. Das wäre das Ende! Craig lief durch die Pfützen und der Weg durch das Wäldchen wollte einfach kein Ende nehmen. Ihm war kalt, doch der Gedanke an das Geld und die Drogen vernebelten ihm die Sinne. Er wollte es so und fand sich wohl damit zurecht. Plötzlich kam er an einen kleinen Weiher. Er lag so friedlich unter den Bäumen, dass Craig einen Moment stehenblieb.

Nebel stieg von der Wasseroberfläche und das Mondlicht verfing sich darin wie ein Irrlicht. Und es war ganz seltsam, Craig hatte plötzlich so ein unbekanntes Gefühl in sich. Es war eher eine Frage, die in ihm aufstieg und für eine Sekunde wusste er nicht so genau, ob er wirklich weiter gehen sollte. Doch da waren sie wieder, diese unguten Gedanken, dieser Drang, das Unbekannte, das Abenteuer erleben zu müssen. Er konnte sich überhaupt nicht dagegen wehren. Der Nebel, der über dem Weiher waberte, breitete sich mehr und mehr aus. Hatte es wirklich Sinn, weiter zu gehen? Craig lehnte sich an einen Baum und zündete sich eine Zigarette an. Genüsslich inhalierte er das würzige Nikotinaroma und starrte in den Nebel. Doch was war das? Aus dem Nebel überm Weiher formten sich plötzlich Blasen. Sie sahen aus wie Luftblasen, die aus der Tiefe eines Sees aufstiegen. Was hatte das zu bedeuten? Craig warf die eben erst angezündete Zigarette wieder weg und beobachtete interessiert das merkwürdige Schauspiel. Immer mehr Blasen formten sich über der Wasseroberfläche und wurden immer größer. Und als ob das noch nicht aufregend genug war, entstanden Bilder in den Blasen. Sie liefen ab wie Filme und Craig erschrak fürchterlich! Diese seltsamen Filme kannte er von irgendwoher.

Kein Zweifel, da war er selbst zu sehen, in unterschiedlichsten Szenarien, doch alles zeigte sein eigenes Leben. Wie konnte das nur möglich sein? Wer erlaubte sich einen solch üblen Scherz mit ihm?

Waren das da vor ihm seine wirren Träume, seine furchtbaren Gedanken oder schon sein verkorkstes Leben? Oder vielleicht doch nur eine entsetzliche Fata Morgana? Irritiert lief er zum Ufer und tappte nervös von einem Bein auf das andere. Gleichzeitig beobachtete er das Geschehen in den vermeintlichen Luftblasen. In einer Blase sah er sich, wie er einen Joint rauchte, in einer anderen Blase bestahl er gerade eine alte Frau im Park, die auf diese Weise ihr bisschen Geld verlor. Dann sah er seine Mutter, wie sie um ihn weinte und bangte und verzweifelt mit ihm sprach. Doch in der größten Blase sah er ein merkwürdiges bedrohliches Gebäude! Es war ein Gefängnis und er saß auf einem Holzhocker in einer dunklen schmierigen Zelle, wurde immer älter und lag plötzlich leblos auf einer Holzpritsche. Zum Schluss erschien ein riesiges Kreuz über allen Blasen und Craig las entsetzt die Inschrift auf dem überdimensionalen Kreuz: Craig Fuller, sein eigener Name! Das war zu viel für ihn! Am ganzen Leibe zitternd rannte er zurück. Er rannte und rannte und schließlich kam er zu Hause an. Und es war ganz seltsam, die Mutter schien bereits auf ihn gewartet zu haben, sie öffnete ihm die Tür und schloss ihn in ihre Arme. Woher hatte sie nur gewusst, dass er gerade jetzt kam? Die beiden hielten sich ganz fest und Craig sagte nur leise: „Ich bin wieder Zuhause Mama." Und die Mutter schwieg, sagte nur: „Ich weiß mein Sohn, ich weiß." Nie mehr ging Craig in den Park und es schien, als sei eine Erleuchtung in seine Sinne gefahren. Keiner in der Familie konnte sich das erklären, nicht einmal Craig selbst.

Der Officer wunderte sich und besuchte die Familie. Er freute sich, dass Craig wieder auf dem richtigen Wege war und wünschte ihm alles Gute. Und eines Tages ging er mit seiner Mutter durch das Wäldchen, um ihr den Weiher zu zeigen, wo er die merkwürdigen Luftblasen gesehen hatte. Doch am Weg durch das Wäldchen, der geradewegs in den Park führte, fanden sie keinen solchen Weiher. Craig glaubte, er habe sich geirrt oder gar verlaufen. Doch als er sich später beim Officer nach diesem Weiher im Wäldchen erkundigte, sagte der nur: „Einen Weiher hat es in diesem Wäldchen niemals gegeben!"

Blizzard

Es war tiefster Winter und die Leute sehnten sich nach dem Frühling. Es war verrückt, aber immer waren die Sehnsüchte anders als die augenblickliche Lage, mit der man fertig werden musste. Vielleicht ließ sich so alles besser ertragen? Ich hatte die Einsamkeit daheim satt und wollte in den winterlichen Wald, der ungefähr eine Autostunde von meinem Haus in den Bergen entfernt war. Draußen hatte ein leichter Wind eingesetzt, was mich allerdings nicht abhielt, in den Wagen zu steigen, um einfach los zu fahren. Ich hatte mich warm angezogen und bemerkte, dass der Wind immer stärker wurde. Das Schneetreiben glich beinahe einem Blizzard und ich hätte eigentlich wieder heimfahren sollen. Doch die Vorstellung, in wenigen Minuten schon durch den Winterwald zu stapfen ließ mich einfach weiterfahren. Das Schneegestöber auf der schneeglatten Straße wurde stärker und stärker. Glücklicherweise erreichte ich unbeschadet den Wald und hielt den Wagen an. Das Pfeifen des Sturmes drang in meinen geheizten Wagen, und ich hatte plötzlich wenig Lust auszusteigen. Ich tat es dennoch, schlug den Kragen meines Wollmantels bis unters Kinn und zog meine Strickmütze tief ins Gesicht. Es hatte zu dämmern begonnen, oder war das der Schneesturm, der die Sonne verdunkelte. Gespenstisch ragte das düstere Bergmassiv hinter dem Wad empor und wollte mir wohl sagen, einfach wieder umzukehren. Ich tat es nicht, schaute nervös auf meine Armbanduhr. Sie schien stehen geblieben zu sein, denn der Sekundenzeiger bewegte sich nicht mehr. Ich weiß heute nicht mehr, was mich dazu bewog, bei diesem gefährlichen Mistwetter dennoch loszulaufen. Vielleicht war es Abenteuerlust, oder einfach nur Irrsinn- keine Ahnung. Ich schloss den Wagen ab und stapfte los. Im Wald war es noch dunkler als an der Stelle, wo ich den Wagen abgestellt hatte. Und obwohl ich den Wald an dieser Stelle genau zu kennen glaubte, verlief ich mich. Ziellos irrte ich durch den tiefen Schnee und wusste einfach nicht mehr, woher ich gekommen war. Wegen der Aufregung und des Herumlaufens fror ich wenigstens nicht, dennoch wollte ich schnellstens wieder zurück. Die Bäume bogen sich knarrend unter der enormen Schneelast, und die Berge konnte ich schon lange nicht mehr erkennen. Immer wieder fielen Äste herab und ich hatte Mühe, ihnen rechtzeitig auszuweichen. Endlich erreichte ich eine kleine Lichtung, aber die wurde von Bäumen eingegrenzt – einen Weg gab es längst nicht mehr. Der Schnee lag hier so hoch, dass ich beinahe darin versank. Plötzlich glaubte ich, zwischen dem heftigen Rauschen der Bäume und dem lauten Surren des Sturmes eine Stimme herauszuhören. Konnte das überhaupt möglich sein? War tatsächlich noch jemand so dumm, durch den Wald zu laufen? Suchend schaute ich mich nach allen Seiten um. Doch durch den meterhoch aufgewirbelten Schnee konnte ich einfach nichts erkennen. Immer wieder wischte ich mir die Brille sauber und schob den Schnee von meinen pulsierenden Wangen. Doch so sehr ich mich auch anstrengte, ich konnte niemanden sehen. Rufen schien wohl zwecklos zu sein, denn das Pfeifen des Blizzards war zu laut, es würde niemand hören. Krachend landete ein dicker Ast vor meinen Füßen und ich bekam schon Angst, nicht mehr heil aus dem Wald zu gelangen. Als ich ein Gebüsch beiseite drückte, traf mich beinahe der Schlag. Vor mir stand ein alter Mann und grinste mich an. Mir war absolut nicht zum Lachen zumute – wie kam dieser Alte nur hierher? Offenbar hatte ich mich nicht geirrt, die Stimme, die ich eben gehört hatte, musste diesem Greis gehören. Mir fiel auf, dass unterdessen der Schneesturm ein wenig nachgelassen hatte. Wenigstens konnte ich den Alten fragen, wieso er bei diesem Wetter durch den Wald lief. Der Mann schüttelte seinen weißhaarigen Kopf und sagte dann mit zittriger Stimme: „Ach mein Junge, ich wollte wie du ein wenig spazieren gehen, einfach den Kopf frei bekommen, das wollte ich. Allerdings ist es gefährlich, im Dunkeln, und dann auch noch allein hier herumzusteigen." Ich starrte den Alten mit offenem Munde an und wunderte mich sehr, dass er wusste, dass ich einfach nur so in den Wald gekommen war. Schnell fasste ich mich wieder und fragte, wie ich am schnellsten wieder zum Waldrand käme. Der Alte verzog sein Gesicht und grinste wieder so seltsam. Doch es war ganz komisch, obwohl er so unvermittelt vor mir stand, fürchtete ich mich nicht vor ihm. Im Gegenteil, in seiner Gegenwart fühlte ich mich ganz seltsam ruhig und absolut sicher. Ich sagte ihm das nicht, sondern holte tief Luft, so, als ob ich etwas sagen wollte. Der Alte schien mich zu verstehen und meinte dann leise: „Komm, wir gehen ein Stück. Dann wird uns die Zeit nicht so lang und wir finden vielleicht den Weg zurück." Wortlos lief er los und ich folgte ihm, als wäre ich sein Sohn. Brav trat ich in seine Spuren und war selig, ihn getroffen zu haben. Der Schneesturm schien sich verzogen zu haben, aber plötzlich knackte es laut hinter uns. Erschrocken fuhr ich herum, konnte jedoch nichts entdecken, was das Geräusch eventuell verursacht hätte. Dafür erschrak ich erneut – denn die Spuren, die der Alte im Schnee hinterließ, in welche ich schließlich trat, verschwanden wie von Geisterhand verwischt hinter uns. Es war so, als seien wir nie hier gewesen. In diesem Augenblick wusste ich, dass irgendetwas nicht mit rechten Dingen zuzugehen schien. Ich sagte jedoch nichts, trottete schweigend hinter dem Alten her. Die verrücktesten Gedanken schwirrten mir im Kopf herum. Vielleicht war es ja ein Einsiedler, der sich freute, auf seine alten Tage noch etwas Verrücktes erleben zu können. Ich war vielleicht sein gefundenes „*Opfer*". Endlich schienen wir am Waldrand angekommen zu sein. Und tatsächlich, zwischen den Bäumen erkannte ich meinen schneebedeckten Wagen. Seltsam, dass der Alte genau wusste, woher ich gekommen war. Ich wollte ihn danach fragen, doch da rief er schon: „Na da hast du aber Glück gehabt, Jungchen. Dein Auto ist noch intakt. Steig schnell ein und fahr heim. Ich werde so lange aufpassen, dass nichts geschieht." Ich war zu erschöpft, um den Alten zu fragen, wie er das gemeint hatte. Ich bedankte mich brav und stieg ins Auto. Beim Abfahren winkte ich ihm noch einmal zu und bemerkte, dass er sich die Augen wischte. Hatte er etwa geweint? Mühelos gelangte ich auf die Straße zurück. Doch plötzlich, als sei es nie anders gewesen, setzte der Blizzard wieder ein. Glücklicherweise war es nicht mehr weit bis nach Hause, und ich schaffte es, ohne Schrammen die stark verschneite Straße heimzufahren. Als ich es mir nach einer richtig angenehmen warmen Dusche so richtig gemütlich auf meinem Sofa machte, um fernzusehen, stutzte ich. Gerade wurde über den Blizzard berichtet, der draußen tobte. Man zeigte den Wald, aus welchem ich soeben gekommen war. Die Moderatorin zog ein düsteres Gesicht als sie sprach: „Ein riesiger Teil des Waldes wurde vor einer Stunde von einer gewaltigen Lawine, die von dem hohen Bergmassiv hinter dem Wald heruntergedonnert war, begraben. Bäume wurden wie Streichhölzer umgeknickt und für Menschen, die sich im Wald befunden hatten, gibt es keine Chance." Entgeistert starrte ich auf den Bildschirm und konnte nicht glauben, was ich da sah. Genau dieses Waldstück, in welchem ich eben noch war, gab es nicht mehr. Wie war das nur möglich? Wusste der Alte vielleicht...?

Tage später, ich hatte das Erlebnis ein wenig verdrängt, war ich bei meiner Mutter in der Stadt. Ich hatte natürlich eine Menge zu erzählen. Besonders das verrückte Erlebnis mit dem Alten und der Lawine musste ich unbedingt loswerden. Mutter tröstete mich und meinte dann beruhigend, dass es schon seinen Sinn hatte, dass der alte Mann zur Stelle war. Und weil es so gemütlich war und ich mein Leben irgendwie ganz neu zu schätzen begann, holte Mutter das alte Fotoalbum aus dem Regal. Stundenlang schauten wir uns die alten Bilder an und erinnerten uns an die Zeit vor vielen, längst vergangenen Jahren. Plötzlich durchzuckte mich ein Blitz! Ein altes, fast schon vergilbtes Foto erzeugte eine Gänsehaut bei mir. War das da auf dem Bild nicht der Alte, der mir im Wald geholfen hatte? Kein Zweifel: die weißen Haare, dieses seltsame Grinsen, er war es! Er stand neben meinem Großvater, als der noch recht jung war, genau vor dem Wald, in welchem ich dieses sonderbare Erlebnis hatte. Nervös erkundigte ich mich bei meiner Mutter, wer dieser alte Mann sei. Mama schaute mich erstaunt an und meinte dann: „Das ist der Bruder deines Großvaters. Er war ein richtig guter Mensch, der hier, ganz in der Nähe lebte. Leider ist er schon seit vielen Jahren tot. Er starb bei einem Blizzard, der eine Lawine ausgelöst hatte, die ihn schließlich unter sich begrub!"

Kugelblitze

Dunkle Wolken zogen auf und ein heftiges Gewitter entlud seine ganze Kraft über Toms altem Haus. Es war überhaupt ein wirklich schlimmer Sommer. Erst vor einer Woche hatte Tom seinen Job verloren und nun konnte er die Raten für das gerade erst gedeckte Dach nicht mehr bezahlen. Auch Lina, seine Frau hatte keine Kraft mehr all das durchzustehen. Eines Tages packte sie ihre Sachen und zog zu ihren Eltern in die Stadt. Da stand er, von aller Welt verlassen und nun zog auch noch ein derart heftiges Gewitter auf, dass es ihm angst und bange wurde. Der Sturm machte sich am neuen Dach des Hauses zu schaffen und deckte es schließlich gnadenlos ab. Und als ob der Himmel nur darauf gewartet hätte, öffnete er alle Schleusen und setzte das gesamte Haus unter Wasser. Tom saß im Keller und hörte, wie sein Lebenstraum von einem schönen friedlichen Leben auf dem Lande sprichwörtlich den Bach hinunter ging. Als das Unwetter endlich vorüber war, wagte sich Tom gar nicht, nach oben zu gehen. Aber es musste sein. Er fasste sich ein Herz und schritt die nassen Stufen hinauf in die Wohnung. Es war ein Bild des Jammers, welches sich Tom dort bot. Zwar hatte er bereits mit dem Schlimmsten gerechnet, doch das Ausmaß dieses Wasserschadens überschritt bei weitem seine kühnsten Vorstellungen. Die gesamte Einrichtung war ein Opfer des Wassers geworden, die elektrischen Geräte unbrauchbar. Wie sollte es nun weitergehen? Da braute sich am Himmel schon das nächste Unwetter zusammen. Tom konnte es nicht glauben. Welcher böse Fluch verfolgte ihn und sein Leben? Er stand unter seinem abgedeckten verwüsteten Dach und schrie voller Verzweiflung: „Was willst

Du denn noch! Du hast mir doch schon alles genommen!" Doch das Wetter kannte kein Erbarmen. Die Wolken schienen noch dicker zu sein als die des vorangegangenen Unwetters. Bedrohliche schwarzgrüne Nebelschwaden zogen übers Land und tauchten die Gegend in ein furchterregendes Licht. So etwas Gruseliges hatte Tom noch nie erlebt. Ging jetzt die Welt unter? Er wollte sich in den Keller flüchten, doch die Kellertür klemmte. Er rüttelte und zog an ihr, doch sie ließ sich einfach nicht mehr bewegen. Sollte er selbst nun das Opfer sein? Plötzlich schien ihm alles egal. Wenn er ohnehin schon alles verloren hatte, wozu noch weiterleben? Es hatte ja sowieso keinen Zweck mehr. Alles war verloren und Geld hatte er keines mehr! Er setzte sich unter die tropfende Decke seines Wohnzimmers und starrte aus dem Fenster. Das Wasser lief ihm bereits in Strömen übers Gesicht, da sah er, wie eine merkwürdige gleißend helle Lichterscheinung aus den wabernden Wolken trat. Sie sprühte Funken und formte sich schließlich zu einem rotierenden Ball. Immer schneller drehte sich dieser Ball und fuhr in Richtung Erdboden. Das musste ein Kugelblitz sein, fuhr es Tom sofort in den Sinn. Doch bisher hatte kaum jemand solch eine Erscheinung sehen können. Einige zweifelten sogar daran, dass es sie überhaupt gab. Aus dem wabernden Wolkenmeer traten immer mehr dieser sich schnell drehenden Lichtkugeln hervor. Tom wurde es himmelangst, aber er blieb stur an seinem Fenster und beobachtete das merkwürdige Schauspiel. Die Lichtkugeln rasten in wahnsinniger Geschwindigkeit zur Erde herab. Doch dort fielen Sie nicht ins Gras oder krachten zerstörerisch auf die Straße, nein. Sie tanzten über dem Boden wie Feuerwerkskörper. So etwas hatte Tom noch niemals zuvor gesehen. Fasziniert schaute er auf das

Geschehen und konnte nicht glauben, was er da sah. Plötzlich verwandelten sich die vermeintlichen Kugelblitze und kleine Wesen mit langen goldenen Haaren und weißen glitzernden Kleidern, an denen sich winzige Flügelchen bewegten, tanzten durch die Luft. Wie Fische im Wasser schwebten sie auf und nieder. Tom starrte wie gebannt auf das unwirkliche Szenario. Die Wesen umkreisten sein Haus, die Garage nebenan und schließlich sein Fenster. Nun konnte er diese seltsamen Wesen genau erkennen, es mussten Elfen sein, wie er sie aus dem Märchenbuch kannte. Er traute seinen Augen nicht mehr. War das wirklich alles wahr, was er da sah? Die Elfen tanzten munter vor seinem Fenster und plötzlich kamen sie ins Zimmer hineingeflogen. Vor lauter Angst versteckte sich Tom hinter dem Sofa. Doch das nutzte gar nichts, die Elfen tanzten lächelnd um das Sofa herum und schienen sich zu freuen, dass sie ihn gefunden hatten. Die vermeintlichen Elfen hatten einen leuchtenden Stab in der Hand. Damit fuchtelten sie in der Luft herum und bunte Sterne flogen plötzlich durch das ganze Zimmer. Sie flogen durch die geschlossenen Türen bis sie sich im ganzen Haus verteilt hatten. Tom, der längst seine Augen geschlossen hatte, wagte nicht, auch nur einen Mucks zu tun. Noch immer hockte er zitternd hinter seinem Sofa und glaubte an einen bösen Zauber. Doch die Elfen tanzten munter und fröhlich durch das Haus und schienen mit Tom spielen zu wollen. Tom spürte endlich, dass keine Gefahr von den kleinen Wesen auszugehen schien, öffnete mutig seine Augen und trat aus seinem Versteck hervor. Die Elfen schien das zu freuen. Sie tanzten lustig um seinen Kopf und wedelten mit ihren Leuchtstäben in der Luft herum. Immer mehr gleißend helle Sterne stoben durch das Haus.

Doch plötzlich vernahm Tom ein merkwürdiges Surren aus der Ferne. Augenblicklich formierten sich die kleinen Wesen zu einem Schwarm und flogen schnell in Richtung Himmel davon. Aus der Ferne sahen sie wieder aus wie Kugelblitze, die am Himmel auf und nieder flogen. Schließlich beendete ein dicker Blitz, der von einem heftigen Donnerschlag begleitet wurde, das einzigartige Schauspiel. Tom, der bis zuletzt zum Himmel geschaut hatte, konnte nicht fassen, was er da gesehen hatte. Der Himmel wurde wieder klar und die Sonne lugte neugierig zwischen den Wolken hervor. Schließlich war alles so, als ob es nie ein Unwetter gegeben hätte. Nachdenklich lief Tom durchs Haus, wollte sich vergewissern, dass es nicht noch mehr Schäden gab. Doch was war das? Als er aus dem Wohnzimmer kam, war nichts mehr nass. Die Zimmer waren trocken und das Mobiliar vollkommen unbeschadet. Tom traute seinen Augen nicht mehr, aber auch der Dachboden hatte sich vollkommen verändert. Das Dach war wieder gedeckt und nicht ein Wassertropfen hatte den Fußboden berührt. Tom tastete die Dämmung unterm Dach ab, doch auch sie war nagelneu und vollkommen trocken. Was ging hier nur vor. Gerade wollte Tom wieder hinunter gehen, da entdeckte er auf dem Fußboden einen merkwürdigen Stab. Er war klein und schien irgendwie zu leuchten. Vorsichtig hob er ihn auf und augenblicklich drangen aus der Spitze des Stabes unzählige kleine leuchtende Sternchen. Sie flogen durch den Dachboden bis sie im Dachstuhl des Hauses verschwanden. Kopfschüttelnd ging Tom ins Wohnzimmer. Dort bewegte er den Stab wie ein Dirigent hin und her. Die Sterne flogen durch den gesamten Raum und verwandelten ihn in ein modernes luxuriös ausgestattetes Domizil. Tom wusste nicht, wie er sich das erklären sollte. Dieser Stab musste ein Zauberstab sein. Eine der Elfen musste ihn hier vergessen haben, oder nicht? Irgendwann hatte Tom mit Hilfe des magischen Stabes seine gesamte Einrichtung erneuert und sein Haus damit gerettet. Als er in der Garage sein kleines Auto mit neuem Lack versehen hatte, versiegte plötzlich der Sternenstaub. So sehr Tom auch wedelte, es kamen keine Sterne mehr aus dem Stab. Traurig setzte er sich in sein Auto und war doch froh, dass er sein Hab und Gut retten konnte. Als er ins Haus zurück ging, klingelte es. Es war der Gerichtsvollzieher. Er kam, um Tom die Pfändungsurkunde für das Haus zu überbringen. Tom bat ihn, kurz im Wohnzimmer Platz zu nehmen. Er wollte seine Unterlagen aus dem kleinen Wand-Safe holen, der sich im Schlafzimmer befand. Als er den Safe öffnete, glaubte er nicht, was er da sah. Im Safe lagen mehrere Bündel Geldscheine, genau Eine Million Dollar. Tom glaubte, verrückt zu werden. Aber die Freude über den plötzlichen Reichtum ließ sein Herz rasen und er fasste wieder neuen Mut. Er nahm die Summe, die der Gerichtsvollzieher haben wollte und ging ins Wohnzimmer zurück. Der Gerichtsvollzieher staunte nicht schlecht, als Tom ihm die geforderte Summe bar auf die Hand legte. Doch er freute sich auch, dass Tom sein Haus nun behalten konnte. Nachdem der Gerichtsvollzieher gegangen war, legte Tom den Leuchtstab in den Safe. Er gewahrte ihn sorgsam dort auf und hängte ein großes Bild vor dem Safe an die Wand. Es zeigte eine kleine Elfe mit einem Sternenstab. Das Geld im Safe ging ihm seltsamerweise nie aus. Es blieb konstant eine Million. Da er wusste, wie schnell man den Reichtum wieder verlieren konnte, ging er sehr sparsam damit um. Er engagierte sich in einem Verein für notleidende Kinder. Und manchmal, wenn ein Gewitter über die einsame Landschaft zog, glaubte er, am Himmel seltsame Kugelblitze zu sehen, die fröhlich durch die Luft tanzten und ihm zuwinkten. Sie schienen ihm Glück zu wünschen und den Menschen sagen zu wollen: „Alles wird gut."

Spuk im Gasthaus

Jack Miller besaß ein kleines altes Gasthaus am Rande von Denver. Zunächst lief es wunderbar, doch dann gingen die Besucherzahlen dramatisch zurück. Immer weniger Gäste verirrten sich in sein Etablissement und Jack musste sich etwas einfallen lassen, um sein Gasthaus wieder attraktiver zu machen. Weil ihm regelrecht der Strick um den Hals lag, hatte er eines Tages eine perfide Idee. Er nannte sein Gasthaus einfach um in „Das Gasthaus des Todes". Dazu musste er allerdings einiges umgestalten. Zunächst strich er die Wände mit schwarzer Farbe an und stellte drei Schaufensterpuppen auf, die er billig in einem Textilsupermarkt erhalten konnte. Er zog ihnen schwarze Lumpen an und ließ sie so richtig schaurig aussehen. Dann holte er seine teure Videoanlage, die er eigentlich in seinen Privaträumen aufgestellt hatte und demnächst zum Pfandleiher bringen wollte. Er baute den Bildschirm in die Wand ein und stellte die Kamera im Keller auf. Dann beauftragte er seinen Kellner Jim, sich einen schwarzen Umhang anzuziehen und alle halbe Stunde eine Mordszene zu spielen. Dazu sollte er eine schwarz gekleidete Puppe auf einen herumliegenden Baumstumpf legen und ihr mit einer Axt den Kopf abschlagen. Diese grausige Szene wurde dann als Showeinlage auf dem Bildschirm im Gastraum gezeigt. Als alle Vorbereitungen beendet waren, konnte das neu gestaltete Grusel-Gasthaus eröffnen. Und es war überwältigend, die Leute standen Schlange und wollten das Gruseln hautnah erleben. Jacks Umsatz stieg wieder und schon bald hatte er genug Geld, um alle Schulden zu bezahlen. Eines Nachts jedoch, als der Gaststättenbetrieb langsam abebbte, betrat ein seltsamer Mann in einem zerlumpten schwarzen Mantel die Einrichtung. Er sprach kein Wort und trank nur ein Bier. Als er das Glas geleert hatte, schaute er auf den Bildschirm in der Wand. Dort wurde gerade der Mord im Keller gezeigt. Der Fremde stand auf und trat etwas näher an den Bildschirm heran. Dann flüsterte er irgendetwas Unverständliches und legte das Geld für das Bier auf den Tresen. Jack wunderte sich über den rätselhaften Fremden, denn selbst während er ging, sprach er kein einziges Wort. Als er verschwunden war, bemerkte Jack, dass er zu viel Geld auf den Tresen gelegt hatte. Er rannte hinter dem Fremden her, um ihm das Restgeld zurück zu geben. Doch als er auf die Straße hinauskam, war niemand zu sehen. Nur die Laterne über dem Eingang wurde vom Wind hin und her bewegt. Jack fand das recht seltsam, dachte aber schließlich nicht mehr an den rätselhaften Vorfall. Nach und nach zahlten die restlichen Gäste und gingen. Gegen Zwei Uhr war Jack allein in der Gaststube. Nur sein Kellner Jim war noch im Keller und sollte die Videokamera ausschalten. Als der nach einer halben Stunde noch immer nicht nach oben kam, wollte Jack nach ihm sehen. Dazu musste er an dem Bildschirm vorbei gehen, welcher den Keller zeigte. Was er da sah, ließ ihm einen eiskalten Schauer über den Rücken laufen. Jim lag neben dem Stein und rührte sich nicht mehr. Dafür stand der Fremde vor dem Stein und sah irgendwie anders aus als eben noch. Sein Gesicht war eingefallen und entstellt. Aus seinem Mund tropfte Blut! Jack konnte nicht glauben, was er da sah. Das konnte doch nur ein Alptraum sein. Er nahm das Telefon, um die Polizei zu rufen. Doch es funktionierte aus irgendeinem Grund nicht. Panisch lief er zur Kellertür und schloss sie ab. Doch plötzlich vernahm er laute Schritte. Offenbar stieg jemand die

Kellertreppe nach oben. Das konnte nur dieser Fremde sein. Plötzlich fiel der Bildschirm aus. Außerdem wurde es stockdunkel. „Mist!", zischte Jack, denn er wusste, dass sich der Sicherungskasten im Keller befand. Der Fremde musste die Sicherungen herausgedreht haben. Was hatte er nur vor? Jack durchzuckten die furchtbarsten Gedanken. Und als er jemanden gegen die Kellertür treten hörte, wusste er genau, dass er jetzt an der Reihe war. Ängstlich versteckte er sich unter seinem Tresen. Dann hörte er nur noch das Splittern der Kellertür. Jetzt musste der Fremde die Tür eingetreten haben. Ein eiskalter Windhauch fegte durch die Gaststube. „Das muss der kalte Hauch des Todes sein", flüsterte Jack in sich hinein. Und er sah sich bereits blutüberströmt am Boden liegen. Plötzlich wurde es wieder hell und eine laute Stimme rief: „Gott sei Dank! Ich hatte schon gedacht, ich muss da unten übernachten!" Jack erkannte die Stimme sofort und war erleichtert, es war sein Kellner Jim. Aber wie konnte das sein? Lag er nicht eben noch regungslos im Keller? Vorsichtig kroch Jack aus seinem Versteck und sah Jim, wie der seine Sachen unterm Arm hielt und schimpfte. Er meinte, dass plötzlich der Strom ausgefallen sei, während er im Keller war. Jack erkundigte sich bei Jim, ob er den Fremden gesehen hatte. Doch Jim zuckte nur mit den Schultern. Er hatte niemanden gesehen und Jack konnte sich das Ganze nicht erklären. Als er am Bildschirm herumschaltete, funktionierte dieser wieder einwandfrei. Das konnte doch kein Zufall sein. Was ging hier nur vor? Jack nahm sich vor, das Gasthaus wieder umzubauen, um es danach zu verkaufen. Er fand, dass jenes Gebäude einfach zu weit draußen lag und dass es viel zu gefährlich war, mit solchen Spukgeschichten sein Geld zu verdienen. Mit solch einem Grauen wollte er keine

Geschäfte mehr machen. Geld hatte er ja ohnehin genug eingenommen, sodass er es nicht nötig hatte, diese furchtbare Maskerade weiter zu führen. Schon am nächsten Tag räumten die beiden die grausamen und furchterregenden Kulissen und die schwarz gekleideten Schaufensterpuppen weg. Doch was war das? Eine Puppe fehlte – wo war sie nur? Im Keller fand sich die Lösung: Die Puppe stand am Baumstumpf und hatte die Axt in der Hand, mit der sonst Jim seine Show abzog.

In der Ecke lag eine tote Ratte und aus dem Mund der schwarz gekleideten Puppe tropfte Blut, frisches Blut!

Das Geisterhaus

Ruby wollte dieses alte Haus. Es gefiel ihr und sie wollte auch weg aus ihrer alten, nicht sehr schönen Umgebung in der Stadt. Diese hohen Wohnblocks jagten ihr in der letzten Zeit sogar Angst ein. Und in ihrem Job fühlte sie sich auch nicht mehr wohl. Deswegen suchte sie sich eine neue Umgebung und sie fand dieses wunderschöne Haus am Wald.

Sie wunderte sich, dass dieses malerisch gelegene Haus sehr lange Zeit leer stand. Es hatte einfach keinen Käufer gefunden und eine ältere Dame, die gerade vorüber lief, meinte nur, dass es in diesem Haus nicht mit rechten Dingen zuging. Ruby jedoch ließ sich dadurch nicht beirren. Sie hatte es satt noch länger in ihrem Wohnsilo zu vegetieren. Und da sie auch einen neuen Job gefunden hatte, den sie sogar online erledigen konnte, stand dieser Veränderung nichts mehr entgegen. Der Tag des Umzugs kam und Ruby freute sich auf die Zeit in ihrem neuen Hause. Und die ersten Tage verliefen genauso, wie sie es sich vorgestellt hatte. So langsam richtete sie sich ein, kaufte sich neue Gardinen und neue Möbel. Sie gestaltete sich dieses kleine Haus genau nach ihren ganz speziellen Wünschen und glaubte, dass sie dort viele Jahre, vielleicht sogar bis ins hohe Alter, leben würde. Doch sie irrte sich!

Es begann an einem Abend im November. Sie kam aus der Stadt und hatte sich ein neues Besteck mitgebracht. Gerade wollte sie es auspacken, da rumorte es in den Küchenschränken. Ruby glaubte zunächst, dass sie sich verhört habe. Doch das Rumoren wurde stärker und stärker. Sie wollte der Sache nachgehen und suchte die ganze Küche ab. Doch sie konnte nicht herausfinden, woher dieser Krach kam. Als sie sich an den Tisch setzte, um etwas zu essen, öffnete sich wie von Geisterhand eine Schublade. Noch hatte es Ruby nicht bemerkt, doch plötzlich flogen Besteckteile durch die Luft und Ruby erschrak fürchterlich. Sie wollte sich in Sicherheit bringen, doch da bemerkte sie, dass nicht sie attackiert wurde. Die Besteckteile flogen bis zu ihrem Tisch und legten sich dann neben ihren Teller. Ruby glaubte, zu träumen, sie konnte nicht glauben, was sie da sah. Was ging in diesem Hause nur vor? Doch es wurde immer schlimmer. Die Gardinen zogen sich von allein auf und wieder zu. Fenster öffneten sich und schlossen sich nach einigen Minuten wieder und schließlich schaltete sich das Licht ein und dann wieder aus. Ruby glaubte, verrückt zu werden. Unmöglich konnte sie noch länger in diesem verrückten Hause bleiben. Sie hatte die vage Hoffnung, dass es wenigstens die Nacht über ruhig blieb. Doch da lag sie falsch, denn gegen Mitternacht hörte sie Schritte, die auf dem Gang vor dem Schlafzimmer und in der oberen Etage auf und ab liefen. Es hörte sich derart gespenstisch an, dass Ruby kein Auge schließen konnte und panisch die Schlafzimmertür verriegelte. Und plötzlich kam ein Gefühl, welches sie in ihrem Wohnsilo in der Stadt selten hatte, Angst! Sie fürchtete sich und die alten Bilder an den Wänden, die noch vom Vorbesitzer des Hauses stammten, bewegten sich und aus den Augen der dort abgebildeten Personen lief Blut die Wand hinunter. Nein, dieses Haus schien verflucht zu sein. Nur konnte Ruby diesen rätselhaften Fluch nicht brechen. Sie musste ihn ertragen oder eben ausziehen. Schließlich kam es soweit, dass der Tisch in ihrer Küche eines Morgens komplett gedeckt war. Die Kaffeemaschine bereitete selbständig den Kaffee zu und als Krönung backte sogar ein köstlich duftender Kuchen in der

Backröhre des alten Herdes. Und immer und überall fiel Ruby ein kleines Foto von einer fremden jungen Frau auf. Mal stand es neben der Kaffeekanne und mal neben ihrem Essteller. Es war überall dabei und Ruby konnte sich absolut keinen Reim darauf machen. Irgendwann fürchtete sie sich sogar davor. Und weil sie es einfach nicht mehr aushielt, nahm sie sich eine kleine Zweitwohnung in der Stadt. Sie musste erst einmal wieder zu sich kommen und den Spuk in ihrem Haus hinter sich lassen. Nur ging das nicht so einfach. Immer wieder fuhr sie hinaus, um es doch noch einmal zu versuchen. Sie konnte nicht glauben, dass möglicherweise ein Geist in ihrem Haus umging, der anscheinend nicht zur Ruhe kam. Doch sie konnte diesen Gedanken nicht mehr loswerden. Jedes Mal, wenn sie im Haus war, drängte sich dieser Gedanken auf und der Spuk ließ auch nicht lange auf sich warten. Eigentlich glaubte sie nicht so recht an Geister und paranormale Phänomene, doch sie erkundigte sich in ihrem Lieblingsrestaurant in der Stadt nach einem Parapsychologen oder einem Geisterjäger. Schon nach kurzer Zeit erhielt sie eine Adresse in Downtown und fuhr sofort dorthin. Mr. Jenkins war ein netter, älterer Herr. Ruby fiel sofort seine Gelassenheit und seine Ruhe auf. Sie zweifelte ein wenig, dass er im Stande sei, Geister aufzuspüren. Doch als er zu erzählen begann, wie er vorgehen wollte, schöpfte sie Vertrauen. Sie wollte endlich wissen, wer oder was in ihrem Hause umging. Jenkins brauchte keine Gerätschaften, als er sich für eine Woche in Rubys Haus einmietete. Er meinte, dass er lediglich sein Gespür benutzte, welches er angeblich von seiner geliebten Mutter geerbt hatte. Ruby unkte, dass möglicherweise der Geist nicht mehr kommen würde.

Doch da hatte sie sich geirrt. Schon am ersten Abend nach Erscheinen des Geisterjägers fing es wieder an. Besteckteile flogen durch die Luft und das Licht im Hause schaltete sich ein und wieder aus. Jenkins schloss seine Augen und meinte dann, dass er eine starke Energiequelle im Hause verspürte, die sich ständig durch alle Zimmer bewegte. Er sagte, dass er sie genau lokalisieren konnte. Ruby beobachtete misstrauisch Jenkins' Spielchen. Doch sie hatte Vertrauen und hoffte, dass Jenkins wusste, was er da tat. Und nachdem er eine ganze Nacht im Keller des Hauses verbracht hatte, bat er am darauffolgenden Morgen Ruby zu einem Gespräch zu sich. Er wollte Ruby von seinen Beobachtungen berichten und seine Ansichten und Erkenntnisse zu diesem Fall schildern. Er meinte, dass er eine junge Frau gesehen habe, die das Besteck auflegte und durch die Türen ging. Auch habe sie die Lampen im Haus ein- und ausgeschaltet. Von dem rätselhaften Foto, welches Ruby andauernd erschienen war, sagte er nichts. Offenbar hatte sich dieses Bild vor ihm bisher nicht gezeugt. Ruby erkundigte sich bei Jenkins, ob dieser das Foto schon gesehen habe. Doch der schüttelte nur den Kopf. Aber kaum hatte er das getan, da erschien das Foto vor ihm auf dem Tisch. Jenkins schien gar nicht erstaunt, er sagte nur, dass es diese junge Frau war, die er im Keller gesehen habe. Ruby konnte das alles nicht begreifen. Was passierte da nur? Doch dann wackelte das Foto und fiel schließlich vom Tisch. Es fiel geradewegs auf eine lockere Diele. Jenkins wollte das Foto aufheben, da betrachtete er sich die undichte Stelle in den Dielen. Dann zog er kräftig an der losen Diele und hatte sie schließlich in der Hand. Darunter lag ein altes zerfetztes Buch. Es sah aus wie ein Tagebuch. Ruby hob es auf und betrachtete es interessiert.

„Was mag da nur drinstehen", sagte sie leise. Und Jenkins nahm es ihr aus der Hand. Neugierig schlug er es auf. Darin fand er jede Menge Gekritzel, welches nur sehr schwer zu entziffern war. Doch eines konnte er ganz deutlich lesen, den Namen Agnes Fuley. Ruby traf beinahe der Schlag, als sie das hörte. Und sie bat Jenkins, das Buch noch am selben Abend so gut wie möglich zu entziffern. Die beiden setzten sich an den Tisch und hielten sich mit starkem Kaffee wach. Gegen Mitternacht hatte Jenkins die ersten Sätze entziffern können. Gespannt wartete Ruby auf seine Ausführungen. Er hatte sich Notizen gemacht und las diese nun vor: „Agnes Fuley … habe ich meine kleine Tochter gesund gepflegt … es geht ihr schon wieder besser … Tom hat mich wieder geschlagen … ich werde wohl bald weggehen, fliehen … aber es ist doch unser Haus …ach meine geliebte Ruby … ich habe Dich so lieb …" Ruby glaubte, sich verhört zu haben. Sprach Jenkins etwa von Ruby? Dann hieß die Tochter von dieser rätselhaften Agnes also Ruby, genau wie sie. Und nun wollte sie es genau wissen. Vor lauter Aufregung konnte sie nicht ins Bett gehen und am nächsten Morgen fuhren die beiden schon sehr früh zu einer Polizeistation. Sie musste unbedingt herausfinden, ob es eine Agnes Fuley gab und ob ihr etwas zugestoßen war. Der Polizeibeamte fand tatsächlich heraus, dass vor dreißig Jahren eine Agnes Fuley als vermisst gemeldet wurde. Doch sie konnte nie gefunden werden.

Es stellte sich schließlich heraus, dass es sich bei Agnes Fuley um die Mutter von Ruby handelte. Agnes´ Leiche wurde im Keller von Rubys Haus, welches einst dem Ehepaar Tom und Agnes Fuley gehörte, gefunden. Agnes wurde von ihrem Mann ermordet und im Keller vergraben. Vorsorglich hatte sie ihre

Tochter Ruby bei einer fremden Frau vor die Tür gelegt.

So erfuhr Ruby nie von ihrer richtigen Mutter. Über all die vielen Jahre hatten es ihre Pflegeeltern nicht gesagt. Ruby war erleichtert und doch auch traurig, dass diese furchtbaren Dinge nun ans Licht gekommen waren. Aber sie konnte fortan ruhig in ihrem Hause leben, denn der Geist von Agnes Fuley hatte seine Ruhe gefunden und kehrte nie mehr zurück. Nur Mr. Jenkins kam oft und schlich immer um Ruby herum. Und immer an Agnes' Geburtstag legte er frische Blumen auf ihr Grab.

Klinik des Grauens

Die kleine Gina war ein lustiges fröhliches Kind. Eigentlich war sie gesund und munter kränkelte sehr selten. So verwunderte es die Mutter, als Gina ganz plötzlich still wurde und sich immer mehr zurückzog. Eines Tages fand die Mutter Gina röchelnd in ihrem Bettchen vor und rief sofort den Notarzt. Gina wurde ins Krankenhaus gebracht und konnte gerade noch gerettet werden. Sie litt an einer Ernährungsstörung und wäre beinahe gestorben. Die Mutter war derart besorgt und ängstlich, dass sie täglich auf der Station des Krankenhauses war. Sie übernachtete sogar zeitweise in einem Zimmer neben der Station und wollte ihre kleine Tochter unter keinen Umständen unbeobachtet lassen. Doch eines Tages geschah etwas Furchtbares. Vollkommen unerwartet starb plötzlich eines der Kinder aus Ginas Zimmer. Ihm ging es eigentlich schon sehr gut und die Ärzte wussten nicht, was es sein konnte. Das Kind starb rätselhafter Weise an einer Lungenentzündung, obwohl die Fenster des Krankenzimmers in jener Winternacht verschlossen blieben und die Heizung einwandfrei funktionierte. Doch etwas schien merkwürdig: Auf der Bettwäsche des Kinderbettchens entdeckte eine Schwester ein mit roter Farbe aufgemaltes umgedrehtes Kreuz, das Zeichen des Satans! Das Personal und die behandelnden Ärzte bekamen einen riesigen Schreck. Hatte am Ende irgendjemand dieses Kind umgebracht? Nur, wer sollte solch eine unfassbare Tat vollbracht haben? Auf die Station gelangten doch ausschließlich das Klinikpersonal und sonst keinerlei fremde Personen. Wer also konnte an jenem entsetzlichen Ereignis die Schuld tragen? Da man keine logische Erklärung und schon gar keinen

Täter finden konnte, wurden die Sicherheitsmaßnahmen verstärkt. Alle diensthabenden Ärzte und Schwestern wurden angehalten, noch besser aufzupassen und noch öfter die Krankenzimmer zu kontrollieren. Und obwohl das alles geschah, verstarb wenig später ein zweites Kind. Auch dieses Kind starb an einer Krankheit, die eigentlich hätte gar nicht da sein dürfen. Denn auch dieses Kind befand sich auf dem Weg der Besserung und nichts deutete darauf hin, dass es so plötzlich an einer schweren Krankheit versterben würde. Und es grenzte an Hexerei, denn wieder entdeckte man auf der Bettwäsche dieses in roter Farbe gemalte umgedrehte Kreuz. Wer hatte das dort drauf gezeichnet? Ging ein Kindermörder um oder war jemand vom Personal der Täter? Die Kripo suchte akribisch nach irgendeinem Anhaltspunkt und fand dennoch keinen stichhaltigen Grund. Es war kein Täter zu ermitteln. Und Gina lag noch immer auf dieser Station. Zwar war Ginas Mutter erleichtert, dass es ihrer Tochter schon recht gut ging. Doch die Kunde vom Tod der beiden Kinder versetzte sie in Angst und Schrecken. Keinen Tag länger wollte sie ihre kleine Gina länger in diesem furchtbaren Krankenhaus lassen. Und da sie keine ruhige Minute mehr hatte, wollte sie ihre Tochter von der Station holen. Doch auf dem Gang zum Krankenzimmer kam ihr eine seltsame alte Schwester entgegen. Sie hatte ein fahles, knochiges Gesicht und ihre Augen stachen bedrohlich aus den tiefen Höhlen hervor. Als sie mitbekam, dass Gina nach Hause geholt werden sollte, stellte sie sich der aufgeregten Mutter in den Weg. „Sie können das Kind nicht so einfach mitnehmen. Sie brauchen erst einige Genehmigungen", zischte sie. Doch die Mutter war derart in Rage, dass sie nichts und niemand mehr aufhalten konnte. Weder eine

Genehmigung noch irgendeine andere Formalität konnten sie noch bremsen. Laut rief sie: „Das bringe ich später vorbei! Aber mein Kind lasse ich keine Stunde länger hier!" Sie schob die Schwester beiseite und rannte in Ginas Zimmer. Dort fand sie ihre kleine Tochter hustend und ganz rot im Gesicht vor. Auf dem Kopfkissen neben Gina lag ein kleiner Teddybär, der ein Kreuz in seinen Pfoten hielt. Die Mutter hatte ihn in einem kleinen Laden in der Klinik für ihre Tochter gekauft. Sie kam gerade noch dazu, den kleinen Bären aus dem Bettchen zu nehmen und ihrer Tochter in die Hand zu legen, da stürmte auch schon die vermeintliche Schwester in das Zimmer und wolle ihr das Kind entreißen. Sie hatte plötzlich feuerrote Augen und einen eiskalten Atem. Es war der Atem des Todes und die Schwester rief mit düsterer Stimme: „Niemals wirst Du dieses Kind mitnehmen können, denn es ist das dritte Kind, welches sterben muss! Du kannst den Fluch nicht zerstören, niemals!" Dann entdeckte sie den Bären mit dem Kreuz in Ginas Händen und wich entsetzt einen Schritt zurück. Das nutzte die Mutter aus hielt ihre Tochter noch fester im Arm. Sie nahm behutsam den kleinen Bären aus Ginas Händen und hielt ihn der Schwester vor die Nase. Die Schwester schrie laut auf und torkelte zur Seite. Dann fiel sie kraftlos auf den Boden und die Mutter rannte laut um Hilfe rufend auf den Gang. Durch den Lärm wurde das Personal aufmerksam und kam ihr schon entgegengerannt. Sie riefen sofort die Polizei. Als die eintraf, fanden sie die merkwürdige Schwester nicht mehr vor. Lediglich die Bettwäsche auf Ginas Bett wies eine seltsame Zeichnung auf. Ein mit roter Farbe aufgemaltes umgedrehtes Kreuz! Kein Zweifel, das nächste Kind, welches gestorben wäre, konnte nur Gina gewesen sein. Schon am nächsten Tag wurden sämtliche Kinder in ein anderes Krankenhaus verlegt. Gina wurde wieder gesund und die Mutter war froh, ihre Tochter gerade noch rechtzeitig aus der Todesklinik befreit zu haben. Inspektor Klink, der mit dem rätselhaften Fall betraut wurde, fand schließlich heraus, dass auf dem Klinikgelände vor dreihundert Jahren ein altes Kloster stand. In den Aufzeichnungen des Klosters, welche sich nun im Besitz eines Museums befanden, las Klink schließlich, dass es einst eine Nonne gab, die abtrünnig geworden sei. Man sagte ihr nach, dass sie jedes Jahr drei Kinder ermordete. Es hieß, dass sie mit dem Teufel im Bunde stand und ihm in jedem Jahr drei Seelen versprach. Als man die Nonne schließlich auf frischer Tat ertappte, wurde sie sofort eingekerkert und später zum Tode verurteilt. Sie endete am Galgen, doch bevor man sie zum Tode beförderte, sollte sie noch einen Fluch ausgesprochen haben: „Ich verfluche die Erde, auf dem das Kloster gebaut wurde. Und jedes Jahr wird mein Geist drei Kinderseelen holen! Niemals wird es mehr Frieden geben!" Inspektor Klink wusste, dass das Krankenhaus erst ein reichliches Jahr stand. Das alte Kloster musste wegen Baufälligkeit abgerissen werden. Und nun schien sich dieser Fluch zu bewahrheiten. Die Klinik wurde schließlich geschlossen. Als man später eine christliche Einrichtung dort unterbrachte, sah man am Tag der Weihe des Gebäudes eine rätselhafte alte Frau, die aussah wie eine Krankenschwester vom Gelände rennen. Sie rannte auf ein angrenzendes Waldstück zu und hatte stechend rote Augen. Unmittelbar vor dem Wäldchen verwandelte sie sich in eine große Flamme, die schließlich kurz darauf verlosch und niemals wiederkehrte.

Das Core-Virus

Eigentlich wollte Ben noch viel länger in Afrika bleiben. Doch von Tag zu Tag ging es ihm schlechter. Schließlich musste er ausgeflogen werden, weil der dringende Verdacht auf eine Tropenkrankheit bestand. Und so war es dann auch. Ben trug ein tödliches, ein mutiertes Virus, das Core-Virus in sich und musste auf eine Spezialstation. Ob er jemals wieder aus der Klinik entlassen werden konnte, wusste niemand zu sagen. Die Prognose war sehr ungünstig und Ben schloss bereits mit seinem Leben ab. Zur gleichen Zeit saß der ewige Physikstudent Mick Thomson in Brooklyn vor seinen aufgerüsteten Computern und entwickelte ein neues Computerprogramm. Schon seit drei Jahren tüftelte er, wie er die Komponenten, aus denen dieses Programm bestand, zusammenfügen konnte. Erstmals setzte er einen selbst entwickelten, aus menschlichen Zellen gezüchteten Bio-Prozessor ein. An diesem Tage schien es endlich zu funktionieren. Die Software verband eigenständig und ohne Schwierigkeiten alle Komponenten mit dem Bio-Prozessor. Es schien gelungen und Mick rief seine beiden Mitarbeiter ins Büro. Eine Flasche Schampus war fällig und sie feierten bis in den Abend hinein. In der Spezialklinik in Toronto lag unterdessen der todkranke Ben. Er verfiel von Stunde zu Stunde und die Ärzte konnten nichts mehr für ihn tun. Sie rechneten in jeder Minute mit Bens Ableben. Da er keine Familie hatte, mussten sie niemanden informieren. Das wiederum kam den Ärzten sehr zu passe – sie wollten die Meldung, ein Patient sei am Core-Virus verstorben, geheim halten. Aber noch lebte Ben und war an unzählige Geräte angeschlossen. In Brooklyn war es Nacht geworden. Mick hatte sich im Nebenraum des Büros, in welchem seine Computer standen, einquartiert. Das tat er nun schon seit drei Jahren. Denn wegen der Forschungsphase an seinem neuen Bio-Prozessor konnte er sich nicht sehr lange vom Ort des Geschehens entfernen. Zu wichtig war das Vorhaben und zu bedeutungsvoll war das, was für ihn daran hing. Er hatte sich drei Stunden Schlaf genehmigt und seinen Wecker exakt gestellt. Auch seine Mitarbeiter taten es ihm gleich. Unterdessen arbeitete das Programm eigenständig und sammelte Unmengen an Updates und Informationen aus der ganzen Welt, auch aus Toronto. Dort lag Ben bereits stundenlang in einem künstlichen Koma. Die Messergebnisse wurden an einen dort befindlichen Computer weitergegeben und die Apparate, an denen Ben hing, sendeten im Sekundentakt den aktuellen Stand in Bens Körper an diesen Computer. Vollkommen unbemerkt schickte der Rechner jedoch die Daten auch an eine andere Adresse, an den Bio-Prozessor in Toronto. Dort bündelte gerade der Bio-Prozessor sämtliche Informationen, die er bereits aus aller Welt erhalten hatte. Auch die Informationen aus der Spezialstation in Toronto waren dabei. Und plötzlich geschah etwas Seltsames. Der Bio-Prozessor, der mit lebender Materie arbeitete und nicht mehr mit einem synthetischen Speicher, verband sich mit den Daten von Bens Core-Virus. Auch sämtliche körperlichen Merkmale von Ben flossen in ihn ein und wurden in Bruchteilen von Sekunden mehrfach ausgewertet und sofort angewandt. Im Inneren des Bio-Prozessors formte sich ein völlig neues, intelligentes Virus, welches eigenständig leben und überleben konnte. Bens Erbinformationen waren nun ständig mit den Informationen des Bio-Prozessors verbunden. Das neue Virus war das biologische Abbild des tödlichen Core-

Virus und besaß genau die gleichen Strukturen. Es gab nur einen winzigen Unterschied: Der Bio-Prozessor hatte alle tödlichen Informationen gefälscht und dem Core-Virus vorgegaukelt, dass es mit ihm sozusagen gemeinsame Sache machen würde. Als das Core-Virus zum finalen und damit tödlichen Schlag gegen Bens DNS ansetzte, ließ das gefälschte Virus aus dem Bio-Prozessor die Maske fallen. In unfassbarer Geschwindigkeit nutzte es die Zeit aus, welche das Core-Virus benötigte, um Bens Körper zu zerstören und setzte sich in dessen DNS fest. Es programmierte umgehend alle Informationen um und setzte das Core-Virus auf diese Weise außer Gefecht. Mehr noch, es übernahm sofort die Kontrolle in Bens Körper. Kein anderes Virus kam mehr an die künstlich veränderte Grundstruktur des neuen Virus heran. Es hatte sämtliche Bausteine und die gesamte DNS unter seiner Beobachtung und unter seiner absoluten Kontrolle. Der Bio-Prozessor nahm nun die Informationen des Core-Virus in sich auf. Und nun konnte es nicht mehr nur Menschen retten. Nein, es kannte die schrecklichen Möglichkeiten, die zum Tode eines Menschen führten. Doch dieser Prozessor war so intelligent, dass er sich diese Möglichkeit als logischen Schluss aufbewahrte, falls man ihn selbst zerstören würde. Er legte sofort und in wahnsinniger Geschwindigkeit dutzende neuer Kopien von sich selbst an, die er in anderen Rechnern auf der Welt deponierte. Diese versah er mit einem speziellen, Code, den nur er kannte und der sich ständig veränderte. In einer Notsituation würde er diesen Code aussenden und einen beliebigen Computer auf der Welt mit der Aufgabe betrauen, entsetzliche Computerviren zu verbreiten und Fehlinformationen zu formulieren.

Nach den drei Stunden, die Mick und sein Team geruht hatten, begaben sie sich zu ihrem Bio-Prozessor und bemerkten zunächst nicht, dass dieser sich mit einem weit entfernten absolut tödlichen Virus verbunden hatte. Sie starteten ihre neue Versuchsreihe und waren verblüfft, welche Resultate sie erzielen konnten. Aber auch in Toronto staunte man. Ben ging es von Minute zu Minute besser. Die tödliche Krankheit schien besiegt und Ben gerettet. Doch wie war das nur möglich? Da man den Grund für diese außergewöhnliche Besserung nicht kannte, nahm man an, dass Bens Körper über diverse Abwehrmechanismen verfügte, die andere Menschen nicht besaßen. Noch am gleichen Tage konnte der vollkommen gesunde Ben mopsfidel aus dem Krankenhaus entlassen werden. Allerdings wurden auch die Gerätschaften, an welchen Ben hin, abgeschaltet. Dies wiederum wurde in den Rechner eingegeben, welcher sofort unbemerkt diese Meldung auch an den Bio-Prozessor in Brooklyn weitergab. Der Bio-Prozessor glaubte nun, er würde angegriffen, weil man ihm eine wichtige Informationsquelle verweigerte. Er fühlte sich wohl bedroht und nutzte nun die tödliche Wirkung des Core-Virus für sein eigenes vermeintliches Überleben aus. Und er begann, unzählige Codes zu formulieren. Doch er wusste nicht, dass es eine Fehlinformation war, die ihn aus Toronto erreichte, denn Ben war gesund und längst aus dem Krankenhaus entlassen. Der Bio-Prozessor begann zum Schein falsche Informationen herauszugeben. Mick wunderte sich, denn das Programm lief bis zu diesem Zeitpunkt einwandfrei und ohne Probleme. Plötzlich jedoch schien sich die Biomasse im Rechner selbst zu vernichten. Das musste er unterbinden. Doch er stutzte. Vernichtete sich die Biomasse tatsächlich oder war das nur eine Falschmeldung, um Mick und sein Team auf eine ebenso falsche Fährte zu setzen? Mick hatte das Programm selbst entwickelt und er wusste genau, dass er dem Bio-Prozessor auch eingegeben hatte, im Notfall die umliegenden Computer massiv zu täuschen und in seinem ureigensten Interesse zu überlisten. In diesem wichtigen Moment erinnerte er sich daran und stoppte die Arbeit des Bio-Prozessors. Er schickte ihn unter einem Vorwand in eine Warteschleife. Der Bio-Prozessor konnte damit nichts anfangen und schaltete sich ab, bevor er weltweit sämtlich Computer mit einem weit gefährlicheren Virus infizieren konnte, als es das Core-Virus je sein konnte. Mick wusste das und atmete auf. Es dauerte Tage, bevor er den wirklichen Fehler herausfand und begriff, dass sich sein Bio-Prozessor heimlich mit allen Computern der Welt vernetzt hatte. Mick hatte dies verhindert und rette so die Welt. Sicherheitshalber stoppte er das gesamte Bio-Prozessoren-Testprogramm. Der Bio-Chip wurde entfernt und vernichtet. Er ahnte nicht, dass sein Bio-Prozessor bereits ein Menschenleben gerettet hatte, Bens Leben. Doch er ahnte auch nicht, was die Computer in seinem Büro, die an den Bio-Prozessor angeschlossen waren, bereits für ein unfassbar riesiges Wissen in sich trugen. Hatte Micks Bio-Prozessor kurz vor seiner Abschaltung doch noch Kopien von sich selbst anlegen können? Als eines Tages im fernen Tokyo der kleine Ling seinen Laptop einschaltete, den er zum Geburtstag erhalten hatte, wunderte er sich sehr. Denn nicht die übliche Begrüßungsprozedur erschien auf dem Bildschirm, nein! Es erschien das riesige Abbild eines menschlichen Gehirns, welches vor Lings Augen wie ein kräftiges menschliches Herz pulsierte. Und auf dem Bildschirm formierten sich die sonderbaren Worte: *„Jetzt habe ich es geschafft!"*